AF551478

Silvia Möller

Stoppt die Schatzräuber!

Mit Illustrationen von Manfred Tophoven

Kaufmann Verlag

Bibliografische Information der Deutschen Bibliothek
Die Deutsche Bibliothek verzeichnet diese Publikation in der Deutschen Nationalbibliografie; detaillierte bibliografische Daten sind im Internet unter http://dnb.ddb.de abrufbar.

3. Auflage 2022

Druck und Bindung: ADverts Printing House
ISBN 978-3-7806-6306-1

Betreten verboten

„Schön ist der wirklich nicht“, sagt Tim und verzieht das Gesicht. Durch ein Fenster des Gemeindezentrums betrachtet er den hässlichen Bauzaun, der seit zwei Tagen direkt neben der Martinuskirche aufgebaut ist. Hinter Tim stehen seine besten Freunde Lena und Alex, Pfarrer Neuner und die anderen fünf Kinder aus seiner Kommunionvorbereitungsgruppe.
„Und in vier Wochen ist unsere Kommunion“, seufzt Lena. „Da soll doch alles hübsch und festlich sein.“
„Das wird es auch!“, verspricht Pfarrer Neuner. „Herr Bogner, der neue Eigentümer vom Nachbargrundstück, konnte zwar nicht mehr länger mit dem Baubeginn seiner Eigentums-

wohnungen warten, aber er ist einverstanden, dass wir den Bauzaun auf unserer Seite verschönern!"

„Und wie?", will Lena wissen und begutachtet die groben, mit dunklen Flecken übersäten Holzbretter.

„Ganz einfach – wir malen ihn an", erklärt Pfarrer Neuner und zwinkert Lena zu. „Unser Küster, Herr Schmitz, wird in den nächsten Tagen den Zaun schon einmal mit weißer Farbe vorstreichen, damit unsere Bilder hinterher auch richtig gut aussehen. Auf einem hellen, sauberen Untergrund malt es sich nämlich viel besser als auf Schmutzigbraun, und dann können wir in unserer Gruppenstunde nächste Woche auch schon anfangen."

„Super!", jubelt Lena und auch die anderen Kommunionkinder sind begeistert.

„Wir müssen unbedingt ein Schiff malen, in dem wir alle Platz haben", platzt es da aus Tim heraus. „Und Jesus ist der Kapitän."

„Prima Idee!", lobt Pfarrer Neuner. „Schließlich lautet das Motto unserer Kommunionvorbereitung ja auch ‚Mit Jesus in einem Boot'."

„Zachäus, wie er auf einen Baum klettert, um Jesus zu sehen", schlägt Lena vor. „Das ist meine Lieblingsgeschichte."

„Auch gut", findet Pfarrer Neuner.

„Ganz viele Brote und Fische", ruft Alex da.

„Hä? Wieso das denn?", fragt Tim und schaut verdutzt zu Alex. „Brot gehört zum Abendmahl, schon klar, aber Fische?"

„Hast du die Geschichte vergessen, in der Jesus fünftausend

Menschen auf einmal satt macht?"
„Natürlich!", erinnert sich Tim jetzt. „Die ist echt cool."
Auch von den fünf anderen Kommunionkindern kommen jede Menge Vorschläge.
Pfarrer Neuner lacht. „Ich sehe schon, am Ende wird der Bauzaun viel zu kurz sein für all die tollen Bilder."
„Ganz bestimmt sogar!", sagt Lena fröhlich. „Jetzt finde ich es überhaupt nicht mehr schlimm, dass auf dem Nachbargrundstück gebaut wird."
„Na, wenn erst mal die Bagger anrollen, um den Keller auszuheben, wird uns der Baulärm noch ziemlich auf die Nerven gehen", befürchtet Pfarrer Neuner und seufzt. „Was für ein Glück, dass sonntags nicht gearbeitet wird."
„Bagger", wiederholt Alex und seine Augen beginnen zu leuchten. „Die würde ich mir zu gerne einmal aus der Nähe anschauen." Er liebt alles, was Räder hat. Da ist er genau wie sein Vater, dem eine kleine Autowerkstatt gehört. Am Wochenende darf Alex ihm auch manchmal helfen und sie schrauben gemeinsam an einem Oldtimer herum.
„Ich würde mir ja zu gerne ansehen, was für einen Motor so ein Bagger hat …"
Pfarrer Neuner schüttelt energisch den Kopf. „Keine Chance, Alex! Das Betreten der Baustelle ist für Kinder streng verboten – und für Pfarrer natürlich auch!"
„Mist!"
„Vielleicht gibt es ja irgendwo ein kleines Loch im Zaun, durch das du hindurchgucken kannst", schlägt Lena vor.

Doch Alex winkt ab. „Nee, lass mal! Das ist irgendwie nicht dasselbe. Und was mich interessiert, kann man von Weitem eh nicht sehen."

Tim überlegt einen Augenblick. „Ich glaube, ich hab da eine Idee, wie du die Bagger doch aus der Nähe begutachten kannst", flüstert er Alex schließlich ins Ohr.

„Wirklich? Welche denn?", fragt der neugierig.

„Erzähl ich dir gleich, wenn die Gruppenstunde zu Ende ist", antwortet Tim geheimnisvoll und grinst.

Wenig später verabschiedet sich Pfarrer Neuner. „Bis nächste Woche! Und denkt bitte alle daran, dass ihr Sachen anzieht, die schmutzig werden dürfen."

„Machen wir!", rufen die Kinder im Chor.

Alex springt als Erster auf. Er kann es kaum erwarten, bis er mit Tim und Lena endlich alleine vor der Martinuskirche steht.
„Jetzt erzähl schon", drängelt er dann auch sofort.
„Also, mein großer Bruder Hannes hat eine Drohne und die hat eine Videokamera", beginnt Tim zu erklären.
„Ist das so ein kleines Flugding, das Propeller hat wie ein Hubschrauber?", hakt Lena nach.
„Ganz genau! Gesteuert wird die Drohne mit einer Fernbedienung. Wir könnten sie über den Bauzaun fliegen lassen und dann Nahaufnahmen von den Baggern machen", schlägt Tim vor.
„Prima Idee!" Alex ist sofort Feuer und Flamme.
Doch Lena runzelt die Stirn. „Glaubst du, dass man auf den Bildern der Videokamera mehr erkennen kann als durch ein Loch im Zaun?" Fragend schaut sie von Tim zu Alex.
„Ach, ist doch egal!", meint Alex da. „So eine Drohne ist voll super. Ich hätte auch gerne eine, aber meine Eltern finden, ich bin noch zu jung dafür. Und du bist dir sicher, dass dein Bruder sie uns leiht?", wendet er sich an Tim.
„Klar! Ich frage ihn nachher, wenn er vom Fußballtraining wieder da ist."
„Klasse! Dann können wir morgen Nachmittag ja schon einen ersten Flug starten", freut sich Alex.
„Na, du kannst es ja gar nicht abwarten", lacht Lena. „Aber okay, ich bin dabei. So um vier?"
„Einverstanden!"

Doch als Hannes am Abend vom Training nach Hause kommt, merkt Tim sofort, dass sein Bruder richtig schlechte Laune hat. Hannes pfeffert seine Sporttasche in die Ecke und hockt sich mit einem Gesicht an den Esstisch, dass einem angst und bange werden kann.

„Was hat dir denn die Suppe verhagelt?“, fragt Tim.

„Unser Trainer!“, schimpft der Vierzehnjährige. „Der sieht einfach nicht, dass ich tausendmal besser bin als Tobi. Ausgerechnet diese lahme Ente darf am Samstag von Beginn an spielen und ich muss erst mal auf die Ersatzbank. Das ist so unfair!“ Er schlägt mit der Faust auf den Tisch, sodass der Kakao in Tims Tasse überschwappt und einen kleinen, milchig braunen See auf dem Tisch bildet.

„Hannes!“ Tims Mutter schaut streng zu ihrem ältesten Sohn hinüber.

„Ist doch wahr“, brummt er zurück.

Tim springt auf, läuft zur Spüle und holt einen Lappen.

„Mist! Wenn Hannes so mies drauf ist, macht es überhaupt keinen Sinn, ihn zu bitten, mir seine Drohne zu leihen“, schießt es ihm durch den Kopf, während er die Kakaopfütze beseitigt. „Der sagt doch im Augenblick eh zu allem Nein.“

„Danke, mein Schatz.“ Tims Mutter schenkt ihm ein Lächeln.

Tim seufzt. Dann wird es morgen also nichts mit Alex' erstem Drohnenflug. „Es sei denn – ich borge mir die Drohne aus, ohne vorher um Erlaubnis zu fragen“, überlegt Tim. „Ist ja nur für eine Stunde oder so, Hannes wird bestimmt nichts merken.“

Alex' großes Missgeschick

Am nächsten Nachmittag sitzt Tim in seinem Zimmer und brütet über seinen Hausaufgaben. Normalerweise braucht er keine Stunde, um alles zu erledigen. Doch heute fängt er den Aufsatz in Deutsch schon zum dritten Mal wieder von vorne an. Eine Detektivgeschichte soll es werden und eigentlich liebt es Tim, sich spannende Abenteuer auszudenken. Aber heute will ihm einfach nichts Passendes einfallen.

„Das ist doch zum Verrücktwerden!", stöhnt Tim und kaut unruhig auf seinem Füller herum. Er kann sich einfach nicht konzentrieren. Immer wieder hebt er den Kopf und lauscht. Wann verlässt Hannes endlich die Wohnung, um sich, so wie jeden Mittwoch, mit seinen Kumpels auf der Skateranlage zu treffen? Oder geht er heute vielleicht gar nicht? Hannes'

Laune war beim Mittagessen jedenfalls noch schlechter als gestern Abend. Der Physiktest ist wohl ziemlich in die Hose gegangen.
„Jetzt mach schon und geh“, murmelt Tim ungeduldig.
Da hört er, wie Hannes sein heiß ersehntes ‚Ich bin dann mal weg‘ durch die Wohnung ruft.
Tim atmet einmal tief durch. Dann schleicht er sich vorsichtig in das Zimmer seines großen Bruders. Darin sieht es aus, als hätte noch vor wenigen Minuten ein Tornado gewütet. Berge schmutziger Wäsche türmen sich auf dem Fußboden, auf dem Schreibtisch stehen jede Menge schmutziger Gläser und auf einem Teller daneben findet man noch Reste von Nudeln mit Tomatensoße.
„Bäh, die gab es doch schon vor einer Woche.“ Tim verzieht angewidert das Gesicht. Gegen diesen Saustall ist sein Zimmer wirklich megaordentlich. Bei ihm liegen nur ein paar Legosteine und die eine oder andere Superheldenfigur auf dem Boden. Allerdings muss er zugeben, dass es um einiges mehr wehtut, wenn man auf einen harten Batman tritt als auf stinkende Socken. „Aber dafür müffelt er nicht!“
Da entdeckt Tim die Drohne in einem Regal über dem Schreibtisch und schnappt sie sich. Doch wo steckt bloß die Fernsteuerung? Tim sucht überall: auf dem Schreibtisch, im Bücherregal, ja, er wühlt sich sogar durch die Wäscheberge hindurch. Kurz bevor er aufgeben will, findet er die Fernbedienung dann aber doch noch unter Hannes’ Bett neben einer leeren Chipstüte und alten Fußballzeitschriften.

„Endlich!“ Mit Drohne und Fernsteuerung verschwindet Tim in seinem Zimmer und setzt sich wieder an den Aufsatz. „Noch eine knappe Dreiviertelstunde, das sollte reichen!“, grinst er zuversichtlich.

Als Tim um kurz nach vier an der Martinuskirche ankommt, warten seine Freunde bereits ungeduldig auf ihn.
„Bin ich froh, dass du da bist“, platzt es aus Lena heraus. „Alex macht mich noch verrückt. Die ganze Zeit schon springt er um mich herum wie ein Flummi. Schrecklich!“
„Aber das waren doch nur fünf Minuten“, mault Alex.
„Eben!“, stöhnt Lena genervt.
„Ich bin halt aufgeregt“, entschuldigt sich Alex und deutet auf Tims Rucksack. „Ist sie da drin?“
Tim nickt und öffnet vorsichtig den Reißverschluss.
„Cool!“ Alex bekommt vor Begeisterung ganz große Augen.
„Und du bist dir sicher, dass wir das Ding fliegen können?“, hakt Lena nach.
„Klar! Hannes hat mir gezeigt, wie es geht. Das ist babyleicht“, antwortet Tim.
„Worauf warten wir dann noch?“, beschwert sich Alex. „Ich will jetzt endlich wissen, wie es geht.“
„Okay, ich zeige es euch!“
Tim stellt die Drohne vor sich auf den Boden und schiebt den rechten Hebel der Fernsteuerung leicht nach vorne. Sofort hebt die Drohne ab und schwebt nun etwa einen Meter über dem Boden.

„Mit dem linken Hebel kann ich sie nach rechts, nach links, nach vorne und zurück steuern, je nachdem, wohin ich ihn bewege", erklärt Tim. „Seht ihr?" Er lässt die Drohne zuerst eine Rechts-, dann eine scharfe Linkskurve fliegen.

Alex nickt. „Darf ich jetzt auch mal?"

Tim lässt die Drohne landen und reicht Alex die Fernbedienung. „Na, dann zeig mal, was du draufhast."

Das lässt Alex sich nicht zweimal sagen und startet die Drohne wieder. Es klappt auf Anhieb und Alex strahlt wie ein Honigkuchenpferd. „Das ist wirklich total einfach, Lena! Das musst du auch mal ausprobieren."

„Mach ich", meint Lena lachend. „Sobald du wieder gelandet bist."

„Das kann aber noch dauern." Alex lässt die Drohne immer höher steigen.

„Pass auf, dass sie dir nicht abschmiert!", warnt Tim eindringlich. Bei der Flugshow seines Freundes wird ihm nun doch etwas mulmig.

Aber Alex winkt ab und steuert die Drohne Richtung Baustelle. „Wir wollten uns doch die Bagger ansehen", meint er lässig. „Die Arbeiter sind gegangen, kurz bevor du gekommen bist. Wir haben also freie Bahn."

Noch bevor Tim Alex aufhalten kann, verschwindet die Drohne hinter dem Zaun. Lena schnappt erschrocken nach Luft und auch Alex ist plötzlich ganz

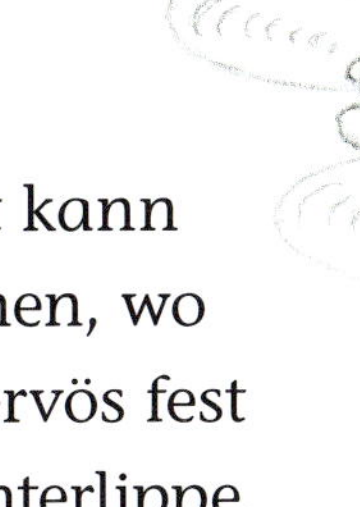

blass um die Nase. „Jetzt kann ich ja gar nicht mehr sehen, wo ich hinfliege“, stellt er nervös fest und beißt sich auf die Unterlippe.

„Du musst die Videokamera anschalten“, verlangt Tim hektisch. „Sofort! Dann sendet sie Bilder auf den kleinen Bildschirm der Fernsteuerung und du kannst wieder sehen, wohin du steuern musst. Beeil dich!“

„Wie denn?“, jammert Alex verzweifelt.

„Der kleine Knopf an der Seite …“

In Panik lässt Alex den rechten Hebel los.

„Nimm die andere Hand!“, ruft Tim noch, doch es ist schon zu spät. Als Alex die Kamera einschaltet, müssen er, Tim und Lena feststellen, dass die Drohne auf dem Baustellengelände abgestürzt ist. Tim reißt Alex die Fernsteuerung aus der Hand und versucht die Drohne erneut zu starten, doch sie rührt sich nicht.

„Jetzt komm schon, bitte!“, fleht Tim und versucht es noch einmal – nichts.

Entsetzt starren Tim, Alex und Lena auf den Bildschirm, dann wirft sich Tim wutentbrannt auf Alex.

„Du Vollidiot! Wie soll ich das Hannes erklären?“, schreit er und schubst Alex so stark, dass dieser das Gleichgewicht verliert und schließlich umfällt.

„Autsch!“ Alex reibt sich die schmerzende linke Pobacke. „Aber ich habe das doch nicht mit Absicht getan“, stammelt er dann und ihm schießen Tränen in die Augen.

„Nicht mit Absicht", äfft Tim ihn nach und funkelt Alex zornig an. „Warum hast du die Drohne denn so hoch fliegen lassen? Und dann auch noch diese Schnapsidee mit der Baustelle …"
„Wir wollten doch die Bagger …" Alex' Stimme bricht.
„Schluss jetzt!", sagt Lena energisch und stellt sich zwischen Tim und Alex. „Passiert ist passiert. Lasst uns lieber gemeinsam überlegen, wie wir die Drohne wiederbekommen."
Alex rappelt sich langsam wieder hoch. „Ich werde gleich morgen früh noch vor der Schule herkommen und die Arbeiter bitten, mir die Drohne wiederzugeben", verspricht er. „Außerdem bezahle ich die Reparatur von meinem Taschengeld, Ehrenwort."
„Erst morgen? Aber das geht nicht!" Tim blinzelt verdächtig. Jetzt kämpft auch er mit den Tränen. Da legt Lena tröstend den Arm um seine Schulter.
„Keine Angst, Alex und ich kommen mit dir nach Hause und erklären Hannes, was geschehen ist. Der wird uns schon nicht gleich den Kopf abreißen."
„Wird er doch!", stöhnt Tim niedergeschlagen und lässt die Schultern hängen. „Er weiß nämlich gar nichts davon, dass ich mir die Drohne geborgt habe."
„Was? Du hast ihn überhaupt nicht gefragt?", hakt Lena nach und schaut ungläubig.
Tim schüttelt schuldbewusst den Kopf und Lena stößt einen Seufzer aus. „Schöner Mist. Und was machen wir jetzt?", fragt sie und schaut in die Runde.

„Ich klettere über den Zaun und hole die Drohne“, erklärt Alex da.
„Nee, das ist viel zu gefährlich“, winkt Tim ab.
„Und außerdem streng verboten“, ergänzt Lena.
„Aber wenn Hannes nicht merken soll, dass Tim die Drohne genommen hat, haben wir keine andere Wahl“, erwidert Alex. „Ich habe nämlich keine Lust, dass Tim wegen mir Ärger mit seinem Bruder bekommt und dann für den Rest seines Lebens stinksauer auf mich ist.“
„Das wird er schon nicht“, versucht Lena ihn zu beruhigen.
„Trotzdem!“ Alex ist wild entschlossen. „Ich hole die Drohne wieder und damit basta!“
„Und wie willst du über den Zaun kommen?“, fragt Tim.
„Ihr macht Räuberleiter und dann zieh ich mich hoch“, schlägt Alex vor.
„Und du glaubst, das funktioniert?“ Tim schaut unsicher. „Der Zaun ist ziemlich hoch.“
„Also, wenn es unbedingt sein muss, wie wäre es denn damit?“, unterbricht Lena die beiden und deutet auf den alten Apfelbaum, der nun etwas eingeengt zwischen Martinuskirche und Baustelle steht und dessen Äste weit über den Zaun hinüberragen. „Zu Hause habe ich eine Strickleiter, die kann ich schnell holen. Wir klettern auf den Baum, befestigen die Leiter an einem Ast und Alex holt die Drohne“, erklärt sie ihren Plan.
„Super Idee!“, findet Alex und auch Tim ist begeistert.
„Gut, dann bis gleich.“

Ein geheimnisvoller Fund

Lena flitzt los und ist fünfzehn Minuten später mit der Strickleiter im Arm wieder zurück.

„Ich bin so schnell gerannt, wie ich konnte", schnauft sie völlig aus der Puste und mit glühenden Wangen. Sie reicht Tim die Strickleiter, der sie in seinem Rucksack verstaut.

„Super, los geht's!", nickt er und geht gemeinsam mit Alex und Lena einmal um den Baum herum.

„Hier! Die Stelle eignet sich prima zum Klettern", sagt er schließlich.

Alex nickt. „Stimmt, die Äste sind dick genug und auch nicht zu weit auseinander …"

Da sitzt Lena auch schon auf dem ersten Ast. „Wollt ihr zwei da unten weiterquatschen oder kommt ihr auch rauf?", fragt sie lässig.

Tim kann sich ein Grinsen nicht verkneifen und klettert hinterher, Alex folgt ihm.

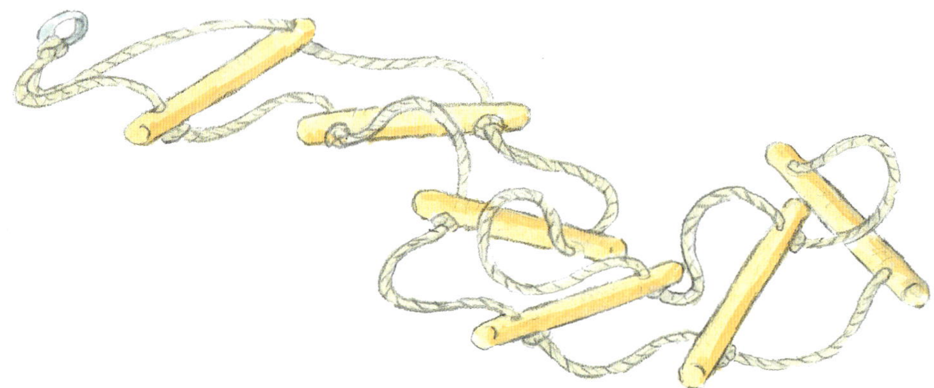

Gemeinsam suchen sie nach einem starken Ast, der weit genug über den Rand des Bauzauns ragt, und hängen die Strickleiter auf.
„So, die hält. Jetzt kann es losgehen“, sagt Tim schließlich und gibt Alex seinen Rucksack. „Für die Drohne“, erklärt er. „Und wir passen in der Zwischenzeit auf, dass dich niemand entdeckt.“
„Alles klar!“
Vorsichtig klettert Alex die Strickleiter hinunter und schaut sich auf der Baustelle um.
„Krass! Da hinten stehen die Bagger“, ruft er den beiden von unten zu.
„Alex, reiß dich zusammen!“, ermahnt Lena ihn streng. „Hol die Drohne und dann nichts wie weg. Ich habe keine Lust, wegen dir erwischt zu werden.“
„Reg dich ab! Ich suche ja schon.“
Gespannt hocken Tim und Lena im Baum und warten.
„Warum dauert das denn so lange?“, mault Tim.
„Ich hab sie!“
„Na endlich!“
Lena und Tim atmen erleichtert auf und schon wenig später hockt Alex wieder neben ihnen im Baum.
„Ihr glaubt nicht, was ich da unten gefunden habe“, sagt er und strahlt über das ganze Gesicht.
„Eine Drohne?“, fragt Lena scherzhaft und grinst breit.
„Ja, die auch“, antwortet Alex. „Und einen roten Stein mit Gold drum herum – sieht megawertvoll aus!“

„Was?“
„Meinst du wirklich?“
Lena zieht die Augenbrauen hoch und auch Tim bekommt große Augen.
Alex zuckt mit den Schultern. „Sicher bin ich mir nicht! Aber das Ding sieht irgendwie aus, als wäre es Teil eines kostbaren Rings oder so. Wartet, ich zeige es euch.“
Er steckt die Hand in die Hosentasche und holt einen kunstvoll geschliffenen Stein in goldener Fassung heraus.
„Der ist ja schön!“, schwärmt Lena. „Aber zu einem Ring gehört der nicht. Dafür ist er viel zu groß.“ Zum Vergleich hält sie sich den Stein an ihre Hand.

„Du hast recht! Das müssten schon ziemlich dicke Wurstfinger sein, die so einen riesigen Klunker tragen können“, findet auch Tim.

„Wo hast du ihn eigentlich gefunden?“, will Lena nun wissen.

„Der lag direkt neben der Drohne auf einem Erdhügel“, antwortet Alex. „Sonst hätte ich ihn wahrscheinlich gar nicht bemerkt. Er war nämlich ziemlich schmutzig.“

Dabei deutet Alex schmunzelnd auf seine dreckige Hose. „Ich habe ihn abgewischt, so gut es ging.“

„Wahrscheinlich ist er bei Arbeiten auf der Baustelle mit ausgebuddelt worden“, vermutet Tim.

„Bestimmt sogar!“, meint Alex. „Aber wenn er nicht zu einem Ring gehört, wozu dann?“

„Wir könnten versuchen, es herauszufinden“, schlägt Lena vor.

„Okay, machen wir, allerdings nicht mehr heute“, sagt Tim da. „Ich muss dringend nach Hause, die Drohne sauber machen und wieder zurück in Hannes Zimmer schmuggeln, bevor er nach Hause kommt und doch noch was merkt.“

„Die ist doch kaputt“, gibt Lena zu bedenken.

„Heute lässt Hannes sie bestimmt nicht mehr fliegen“, hofft Tim. „Es ist ja eh bald dunkel.“

„Und morgen kümmern wir uns gleich um die Reparatur – und um unser goldenes Etwas“, erklärt Alex und seine Augen funkeln vor Vorfreude.

Dem Rätsel auf der Spur

Am nächsten Tag haben Tim, Lena und Alex früher Schulschluss als geplant.
„Die letzten beiden Stunden müssen heute leider ausfallen, weil Frau Berger krank ist“, erklärt Frau Klein, ihre Klassenlehrerin. „Die Schulsekretärin informiert gerade eure Eltern.“
„Super!“, jubelt Tim. „Dann können wir uns gleich um die Drohne kümmern.“
„Gute Idee!“, findet Lena.
„Hoffentlich ist sie nicht ganz kaputt“, meint Tim jetzt ernst und seufzt. Er macht sich wirklich große Sorgen.
Noch nicht einmal der Besuch seiner Patentante gestern Nachmittag konnte ihn aufheitern.
Dabei liebt Tim Tante Friederike über alles. Sie ist witzig und echt obercool. Und dass sie extra gekommen war, um mit ihm zusammen seine Kommunionkerze zu basteln, anstatt einfach irgendeine zu kaufen, ist eigentlich auch megacool! Nur gestern, da war Tim so gar nicht bei der Sache. Immer wieder musste er an die kaputte Drohne denken.
„Was ist, wenn sie nicht mehr zu reparieren ist?“, jammert Tim nun ängstlich.
„Ach was, so empfindlich sind die Dinger nicht“, versucht Alex ihn zu beruhigen. „Wir bekommen das schon hin, wirst sehen!“

„Ich weiß zwar nicht, worum es geht, aber ich fände es schön, wenn wir uns die letzten zehn Minuten noch auf Mathe konzentrieren könnten“, ermahnt Frau Klein streng. „Bekommen wir das hin?“
Alex, Tim und Lena werden gleichzeitig rot. Alex nickt, während Tim und Lena schuldbewusst ihre Nasen ganz tief in ihre Bücher stecken.
Dann ist die vierte Stunde endlich zu Ende und die drei Freunde flitzen los.

„Dürfen die beiden bis zum Essen hierbleiben?“, fragt Tim, als sie wenig später bei ihm zu Hause ankommen.
„Von mir aus“, antwortet seine Mutter und wendet sich an Lena und Alex. „Wenn eure Eltern nichts dagegen haben. Ihr könnt sie ja schnell anrufen und fragen.“
„Machen wir“, sagt Tim, schnappt sich das Telefon und verschwindet mit Lena und Alex in seinem Zimmer.
Sie haben Glück, sowohl Lenas als auch Alex' Mutter sind einverstanden. Zufrieden schleichen die drei in Hannes' Zimmer.
„Wo ist die Drohne?“, flüstert Lena und sieht sich um.
„Da drüben!“ Vorsichtig holt Tim sie wieder aus dem Regal und die drei betrachten sie von allen Seiten.
„Vielleicht hat sich ja eines der Rotorblätter beim Absturz verbogen“, überlegt Alex.
„Nee, die sehen alle ganz in Ordnung aus“, findet Lena.
„Und wenn sich irgendein Kabel gelockert hat?“, meint Tim da.

„Wir brauchen einen Minischraubenzieher, um den Körper der Drohne aufzuschrauben“, erklärt Alex fachmännisch und zeigt auf die winzigen Schrauben an der Unterseite.
„So etwas habe ich aber nicht!“, jammert Tim und beginnt nervös seine Finger zu kneten.
„Das ist kein Problem!“, beruhigt Alex seinen Freund. „In unserer Autowerkstatt gibt es Hunderte von Schraubenziehern. Außerdem hilft uns mein Vater bestimmt, wenn wir fragen.“
„Super!“ Tim atmet erleichtert auf. „Dann los!“
Doch Alex schüttelt den Kopf. „Mein Vater hat heute beim Frühstück erwähnt, dass er einen Unfallwagen irgendwo in einer anderen Stadt abholen muss und erst am frühen Nachmittag zurück ist“, erklärt er nun.
„Ausgerechnet heute!“, stöhnt Tim und lässt entmutigt die Schultern hängen.
„Das sind doch nur noch ein paar Stunden“, versucht Lena ihn zu trösten.
„Und Hannes hat Sportfest in der Schule“, fällt Tim plötzlich ein und seine Stimmung bessert sich schlagartig. „Das geht bestimmt ewig!“
„Prima! Und was machen wir jetzt?“, will Alex wissen.
„Wir könnten herausfinden, was du gestern auf der Baustelle gefunden hast“, schlägt Tim vor. „Das lenkt ab.“
„Und wie?“, hakt Alex nach.
„Wenn wir einen Computer hätten, könnten wir im Internet nachschauen“, überlegt Lena. „Da finden wir bestimmt einige Infos über den roten Stein.“

„Gute Idee!“, findet Tim und saust in die Küche, wo seine Mutter am Tisch sitzt und Zeitung liest. Alex und Lena folgen ihm.
„Mama, können wir an deinen Laptop?“, fragt Tim. „Wir müssen etwas über einen roten Edelstein herausfinden.“
„Für die Schule“, vermutet Tims Mutter und nickt. „Er steht im Wohnzimmer auf dem Tisch.“
„Danke.“
Schon sind die drei in Richtung Wohnzimmer verschwunden.
„Das war jetzt aber schon ein bisschen geschwindelt“, meint Alex, während Tim den Rechner startet.

Tim schüttelt den Kopf. „Nee, gar nicht! Ich habe nur nicht widersprochen."
„Na, so kann man das auch sehen", lacht Lena, während Tim bereits ‚roter Edelstein' in die Suchmaschine eingibt.
„Wahnsinn! Da steht, der Rubin ist einer der teuersten und seltensten Edelsteine, oft sogar wertvoller als ein Diamant", sagt Lena verblüfft.
„Voll krass! Und so einen haben wir gefunden?" Auch Alex ist ganz aus dem Häuschen und megastolz.
„Früher galt er als ‚Stein des Lebens und der Liebe'", liest Tim weiter. „Deshalb findet man ihn immer wieder als Verzierung an alten Kelchen und Hostienschalen."
„Hostienschale ...", wiederholt Lena nachdenklich. „Jetzt weiß ich, was wir da gefunden haben!", ruft sie dann plötzlich.
„Echt?"
„Was denn?"
„Vor ein paar Wochen durften wir uns in der Kommunionstunde doch Kelch und Schale aus der Martinuskirche ansehen", beginnt Lena zu erklären. „Erinnert ihr euch?"
Tim nickt. „Dafür hat Pfarrer Neuner extra den Tresor in der Sakristei geöffnet. Das war cool!"
„Fand ich auch. Aber was hat das mit unserem Ding zu tun?", wundert sich Alex.
„Das verrate ich euch jetzt", fährt Lena grinsend fort. „Unsere Schale hat nämlich einen Deckel und dieser Deckel hat zum Hochheben einen goldenen Knauf mit Edelstein – und der ..."
„... sieht fast genauso aus wie unser Ding, nur der Edelstein –

der ist grün!“, beendet Tim den Satz. „Mensch, Lena, du bist klasse!“
„Danke!“ Lena strahlt.
„Aber wir haben den Rubin auf dem Nachbargrundstück gefunden“, meint Alex nachdenklich. „Wie ist er denn da hingekommen?“
Lena und Tim zucken mit den Schultern.
„Vielleicht sind ja irgendwann einmal Diebe in die Martinuskirche eingebrochen. Bei der Flucht ist ihnen dann der Sack mit der Beute runtergefallen, die Schale ist herausgerollt und dabei ist der Knauf abgebrochen. Die Schale haben die Diebe wieder eingepackt, den Knauf aber vergessen“, fantasiert Tim. Alex und Lena hören gespannt zu.
„Du liest eindeutig zu viele Krimis“, lacht Lena dann.
„Cool wäre es aber schon!“, findet Alex. Er liebt Detektivgeschichten genauso sehr wie Tim und jetzt stecken sie womöglich selbst mittendrin in einer.
„Wir können ja Pfarrer Neuner fragen“, schlägt Tim vor. „Wenn einer etwas über einen Einbruch in die Martinuskirche weiß, dann er. Da kann der Diebstahl noch so lange her sein.“
„Und was sagen wir ihm, wenn er uns fragt, warum wir das wissen wollen?“, gibt Alex zu bedenken. „Den Rubin können wir ihm jedenfalls nicht zeigen. Dann kommt doch heraus, dass ich auf der Baustelle war.“
„Stimmt! Das ist keine gute Idee“, muss Lena zugeben.
„Ich versuche es noch mal im Internet“, meint Tim da.

„Wenn der Diebstahl schon Jahre zurückliegt, wirst du dort aber nichts finden", vermutet Lena.

„Kann schon sein, aber einen Versuch ist es trotzdem wert", erklärt Tim entschlossen und tippt „Martinuskirche" und „Einbruch" in den Computer.

Wie Lena befürchtet hat, finden sie keinen passenden Eintrag.

„Schade!", seufzt Tim.

„Wann treffen wir uns eigentlich heute Nachmittag?", will Lena nun wissen.

„Je früher, desto besser", meint Tim.

„Dann um halb drei", schlägt Alex vor. „Ihr könnt einfach gleich zu uns in die Werkstatt kommen."

„Alles klar", sagt Lena und Tim nickt.

Aufregende Neuigkeiten

Pünktlich um halb drei kommt Tim in die Werkstatt Schrader, wo Alex seinem Vater gerade dabei hilft, einem Auto die Sommerreifen aufzuziehen.

„Hey, Tim, da bist du ja. Dann fehlt jetzt nur noch Lena."

„Soll ich mir die Drohne trotzdem schon einmal ansehen?", fragt Alex' Vater da und wischt sich die Hände an seiner Arbeitshose ab. „Mein Sohn hat mir schon von seinem Missgeschick erzählt."

„Wirklich?" Erschrocken schaut Tim zu Alex.

„Ja, klar! Du hast mich mit deiner Drohne fliegen lassen und dann ist sie mir abgeschmiert, weil ich nicht aufgepasst habe", erklärt Alex schnell und gibt Tim ein Zeichen, er solle sich entspannen.

Tim holt einmal tief Luft. „Jedenfalls ist sie nun kaputt", sagt er schließlich.

„Das bekommen wir schon wieder hin", ist Herr Schrader zuversichtlich und schraubt vorsichtig den Körper der Drohne auf. „Na, da haben wir den Übeltäter ja schon. Das kleine rote Kabel hier hat sich gelöst und damit die Stromversorgung unterbrochen. Wartet, das haben wir gleich."

In diesem Augenblick kommt Lena in die Werkstatt gestürmt. „Entschuldigt, dass ich zu spät bin“, sagt sie völlig aus der Puste. „Aber ich habe etwas total Wichtiges herausgefunden.“

„Was denn?“, fragt Alex neugierig.

„Erzähle ich euch später“, meint Lena geheimnisvoll und grinst. „Jetzt müssen wir uns erst mal um die Drohne kümmern.“

„Schon geschehen. Am besten probiert ihr sie gleich einmal aus“, sagt Alex' Vater da und reicht sie Tim. „Dann kann ich sehen, ob das lose Kabel wirklich der einzige Grund war, warum die Drohne nicht mehr fliegen wollte.“

„Mist! Ich habe die Fernsteuerung in Hannes' ... äh, zu Hause vergessen“, fällt Tim da auf.

„Dann gehen wir sie schnell holen“, schlägt Alex vor. „Und auf dem Weg kann Lena uns erzählen, was sie herausgefunden hat“, fügt er leise hinzu.

„Gut, dann säubere ich in der Zwischenzeit noch die Kontakte für den Akku hier drin.“

„Toll, danke!“, freut sich Tim.

„Jetzt rück schon raus mit der Sprache“, drängelt Alex ungeduldig, kaum dass die drei vor der Werkstatt stehen.

Lena zieht einen Zettel aus ihrer Hosentasche und hält ihn Tim und Alex unter die Nase. „Tada! Den habe ich gerade zwischen unserer Post gefunden.“

„Werbung für den Kauf von Eigentumswohnungen“, stellt Alex enttäuscht fest. „Was ist daran denn so besonders?“

„Also, erst mal sind das nicht irgendwelche Wohnungen,

sondern die, die Herr Bogner auf dem Grundstück neben der Martinuskirche bauen lässt“, erklärt Lena da. „Und zweitens ...“ Sie deutet auf den Text des Flyers.
„Auf ehemaligem Kirchengrund entsteht modernster Wohnraum“, liest Tim vor. „Die Bogner GmbH baut für Sie Eigentumswohnungen mit Komfort.“
Alex bekommt große Augen. „Soll das etwa heißen, dass ...“
„... das Grundstück früher einmal der Martinusgemeinde gehörte?“, vollendet Lena die Frage und nickt. „Scheint fast so! Pfarrer Neuner wüsste bestimmt mehr darüber, aber den können wir ja nicht fragen.“
„Warum denn nicht?“, ist Alex überrascht.
„Na, ich dachte, du hättest etwas dagegen“, antwortet Lena.
Alex schüttelt den Kopf. „Nee, diesmal nicht. Wir zeigen ihm den Zettel und sagen, dass wir über den Text gestolpert sind.“
„Super! Und wann?“, will Lena wissen.
„Wie wäre es am Sonntag?“, schlägt Tim vor. „Wir könnten nach der Messe auf ihn warten.“ Er macht eine kurze Pause. „Einfach so bei ihm zu Hause zu klingeln trau ich mich nämlich nicht“, fährt er schließlich etwas verlegen fort.
„Ich auch nicht“, meint Alex und grinst.
Lena nickt. „Dann also Sonntag.“
„Klasse! Und nun holen wir die Fernbedienung“, sagt Tim und die drei machen sich auf den Weg.

Als sie wenig später bei Tim zu Hause ankommen, müssen sie allerdings feststellen, dass Hannes auch schon da ist.

Seine ausgelatschten Turnschuhe und seine Sporttasche stehen mitten im Flur und aus seinem Zimmer kommt Musik.
„Verflixt! Wenn er bemerkt hat, dass die Drohne fehlt, bin ich geliefert“, jammert Tim und kaut nervös auf seiner Unterlippe herum.
„Ach was, du und Hannes, ihr versteht euch doch sonst so super“, versucht Lena ihn zu beruhigen. „Da wird er dir bestimmt nicht gleich den Kopf abreißen.“
„Zumal die Drohne jetzt bestimmt wieder funktioniert“, ergänzt Alex und klopft seinem Freund aufmunternd auf die Schulter. „Also, alles halb so schlimm, wirst sehen!“
„Was ist halb so schlimm?“
Plötzlich steht Hannes im Türrahmen seines Zimmers und schaut neugierig in die Runde. „Geht es vielleicht um meine Drohne?“
„Ich … Alex wollte … wir haben“, stammelt Tim und wird knallrot im Gesicht.
„Bleib locker, Mann“, meint Hannes da lässig. „Ihr drei wolltet auch mal mit dem Teil fliegen, schon kapiert. Aber ihr wisst, dass man Drohnen mit einer eingebauten Kamera nicht einfach so im Stadtgebiet fliegen lassen darf, oder?“
Tim und Alex schütteln erschrocken den Kopf.
„Macht euch nicht ins Hemd, es ist ja nichts passiert!“, grinst Hannes entspannt. „Aber jetzt hätte ich die Drohne gerne wieder. Ich bin gleich noch mit Freunden auf dem Modellflugplatz beim Jugendzentrum verabredet. Wenn ihr

etreten
erboten!

wollt, könnt ihr mitkommen, dann zeigen wir euch unsere coole Flugshow." Er sieht sich suchend um. „Wo habt ihr sie denn?"

Tim seufzt und lässt die Schultern hängen. „Sie ist noch in der Werkstatt von Alex' Vater."

Hannes zieht fragend die Augenbrauen hoch.

„Wir haben die Kontrolle über die Drohne verloren", gibt Tim nun kleinlaut zu. „Und ..."

„Ich habe sie abstürzen lassen und dann war sie kaputt", unterbricht Alex ihn. „Tim kann gar nichts dafür! Ehrlich! Aber mein Vater hat sie wieder repariert."

„Jedenfalls hoffen wir das", gibt Lena zu bedenken.

Hannes runzelt die Stirn und schaut fragend zu Tim. „Was heißt das?"

„Wir konnten sie noch nicht ausprobieren, weil die Fernsteuerung in deinem Zimmer liegt", erklärt Tim schuldbewusst.

„Na, dann schnappt euch das Teil und los!", brummt Hannes. „Ich gehe in der Zwischenzeit duschen", fügt er hinzu und verschwindet verärgert in Richtung Badezimmer.

Tim seufzt zerknirscht. Dann holt er die Fernbedienung aus Hannes' Zimmer und die drei flitzen zurück zu Alex' Vater in die Werkstatt.

„So, jetzt heißt es Daumen drücken", murmelt Tim und schnauft einmal tief durch. Lena und Alex halten die Luft an. Dann schiebt Tim den rechten Hebel der Steuerung sanft nach vorne. Sofort hebt die Drohne mit einem leisen Surren vom Boden ab.

„Sie geht wieder!“, jubelt Tim und ihm fällt ein ganzer Berg Steine vom Herzen. „Vielen Dank!“ Er schnappt sich Herrn Schraders Hand und schüttelt sie ganz fest.
„Gern geschehen“, meint der schmunzelnd und auch Alex ist sichtlich erleichtert, dass die Drohne wieder fliegt.
„Am besten bringst du sie gleich nach Hause zu Hannes.“
Tim nickt und saust los.

Hannes sitzt frisch geduscht an seinem Schreibtisch, als Tim wenig später in sein Zimmer gestürmt kommt.
„Sie geht wieder!“, schnauft er und hält sich die stechende Seite.
„Super!“, lautet Hannes' knappe Antwort.
„Bist du mir noch böse?“, fragt Tim zaghaft.
Hannes mustert seinen kleinen Bruder streng. Doch dann beginnt er zu lächeln und schüttelt den Kopf.
„Nee, passt schon! Aber beim nächsten Mal fragst du vorher, wenn du dir etwas von mir ausleihst, und passt besser darauf auf. Okay?“, zwinkert er Tim zu.
„Versprochen!“
Wenn Hannes nicht gerade Stress mit seinem Trainer hat, ist er eben doch der coolste große Bruder, den man sich vorstellen kann!

Der verschollene Schatz

Heute ist Sonntag und Tim, Lena und Alex sind auf dem Weg in den Gottesdienst. Als sie vor der Kirche ankommen, fällt ihnen sofort der frisch gestrichene Bauzaun auf.
„In Weiß sieht er gleich nicht mehr ganz so scheußlich aus“, findet Lena.
„Aber richtig schön wird er erst, wenn unsere Bilder drauf sind“, meint Tim. „Ich freue mich schon richtig aufs Malen.“
Lena nickt. „Ich auch!“

„Mich interessiert im Augenblick mehr das Grundstück hinter dem Zaun und was Pfarrer Neuner darüber weiß“, sagt Alex ungeduldig.
„In spätestens einer Stunde wissen wir es“, erklärt Lena lässig.
Alex stöhnt. „Noch so lange!“
Da fangen die Glocken der Martinuskirche zu läuten an. Die drei gehen hinein und suchen sich einen Platz im rechten Kirchenschiff ziemlich weit vorne. Von dort aus können sie den Altar gut sehen. Als die Messdiener und Pfarrer Neuner kommen, beginnt die Messe. Zum Evangelium erzählt Pfarrer Neuner diesmal das Gleichnis vom barmherzigen Vater.
„Toll, dass der Vater seinem Sohn am Ende überhaupt nicht böse ist!“, raunt Lena Tim und Alex zu.
„Und das, obwohl der Kerl seinen Vater verlassen und sein ganzes Erbe auf den Kopf gehauen hat“, ergänzt Tim leise.
„Die Geschichte muss unbedingt auch auf den Zaun. Wir können einen älteren Mann malen, der einen jüngeren umarmt.“
„Spitzenidee!“, findet Lena.

Als der Gottesdienst zu Ende ist, warten die drei gespannt vor der Kirche auf Pfarrer Neuner.
„Gehörte das Grundstück vorher der Kirche?“, platzt es aus Alex heraus, kaum dass der Pfarrer die Sakristeitür hinter sich zugezogen hat. Dabei zeigt Tim in Richtung Baustelle.

„Allerdings“, antwortet Pfarrer Neuner und lächelt verdutzt, als er ihre aufgeregten Gesichter sieht. „Dort stand früher einmal die Martinuskapelle.“
„Eine Kapelle?“, wiederholt Tim überrascht. Der Rubin gehörte also zu einer Hostienschale der Martinuskapelle, schießt es ihm durch den Kopf. „Das ist krass!“
„Ach ja?“, wundert sich Pfarrer Neuner.
Lena knufft Tim einmal kräftig in die Seite. „Wir haben diese Werbung von Herrn Bogner gefunden und uns gefragt, was mit ‚Kirchengrund‘ gemeint ist“, erklärt sie schnell und reicht Pfarrer Neuner den Zettel.
„Können Sie uns mehr über die Kapelle erzählen?“, fragt Alex.
Pfarrer Neuner schaut erstaunt in die Runde. „Interessiert ihr euch denn für kleine, alte Gotteshäuser?“
Tim, Lena und Alex nicken heftig.
„So was!“, lacht Pfarrer Neuner. „Also, gebaut wurde sie 1678.“
„So lange ist das schon her?“, staunt Lena.
„Und was ist dann mit ihr passiert?“, drängelt Tim. „Warum gibt es sie heute nicht mehr?“
„Weil sie bei einem Brand 1899 fast vollständig zerstört und danach nicht wieder aufgebaut wurde. Stattdessen hat man sich entschlossen, neben der Ruine eine große Kirche zu errichten“, erklärt der Pfarrer weiter.
„Unsere Martinuskirche“, schlussfolgert Alex.
Pfarrer Neuner nickt. „Ganz genau! Mit der Zeit ist die Kapelle dann immer mehr in Vergessenheit geraten. Dabei rankt sich darum noch eine spannende Geschichte.“

Tim, Lena und Alex bekommen große Augen und hören gebannt zu, was der Pfarrer erzählt.

„Damals haben Ordenspriester einen goldenen Kelch und eine mit Edelsteinen besetzte Hostienschale neben anderen wertvollen Sachen in einer Eisentruhe im Keller der Kapelle aufbewahrt, weil sie das für den sichersten Ort hielten. Nach dem Brand haben dann unzählige Menschen nach diesem Kirchenschatz gesucht. Aber man hat ihn nie gefunden."

„Wow!“
„Krass!“
„Einfach irre!“
„Also, ich glaube ja, dass der Pater damals die Wertgegenstände einfach mitgenommen hat in sein Heimatkloster“, sagt Pfarrer Neuner lachend. „Dorthin ist er nämlich zurückgekehrt, nachdem die Kapelle zerstört war.“ Pfarrer Neuner macht eine kurze Pause, bevor er fortfährt. „Die neue wissenschaftliche Assistentin des Heimatkundemuseums, Frau Herdlein, ist da allerdings ganz anderer Meinung. Sie glaubt fest daran, dass Kelch und Schale dort drüben irgendwo tief in der Erde vergraben liegen, und hätte gerne noch einmal gründlich nach ihnen gesucht.“ Der Pfarrer deutet in Richtung Baustelle.
„Recht hat sie!“, denkt Tim. „Wir haben schließlich den Beweis dafür.“ Doch er sagt nichts.
„Frau Herdlein meint, wir hätten heute viel bessere technische Geräte für eine Schatzsuche als die Menschen um 1900, womit sie sicherlich recht hat“, erzählt Pfarrer Neuner stattdessen. „Aber eine solche Ausrüstung ist leider auch extrem teuer! Weder das Heimatkundemuseum noch unsere Kirchengemeinde können so viel Geld aufbringen – schon gar nicht aufgrund einer reinen Vermutung“, erklärt er dann ernst. „Ein ‚vielleicht‘ ist da einfach viel zu vage. Deshalb hat unsere Kirchengemeinde vor einem Jahr beschlossen, das Grundstück zu verkaufen, und nun baut Herr Bogner dort seine Wohnungen.“

„Danke, dass Sie uns die Geschichte erzählt haben!“, sagt Tim. „Aber jetzt müssen wir leider nach Hause.“ Er hat es plötzlich furchtbar eilig und nickt Lena und Alex verschwörerisch zu. Die beiden verstehen sofort. Schnell verabschieden sie sich und flitzen los. Doch sie laufen nur bis zur nächsten Straßenecke.

„Habt ihr das gehört?“, ruft Alex total aus dem Häuschen. „Unser Rubin gehört zu einem uralten Kirchenschatz!“

„Höchstwahrscheinlich tut er das“, bremst Lena seine Begeisterung. „Pfarrer Neuner jedenfalls hat da erhebliche Zweifel.“

Tim schaut überrascht zu Lena und runzelt die Stirn. „Wie soll der Rubin denn sonst auf das Baugrundstück vom Bogner gekommen sein?“, fragt er dann.

Lena zuckt mit den Schultern. „Ich glaube ja auch, dass unser Edelstein zum Kirchenschatz gehört“, erklärt sie schließlich. „Aber wir könnten zur Sicherheit doch noch mit Frau Herdlein im Heimatkundemuseum sprechen.“

„Von mir aus“, meint Alex und auch Tim ist einverstanden. „Schaden kann es ja nicht. Doch jetzt muss ich erst einmal nach Hause. Bei uns gibt es gleich Mittagessen.“

„Dann treffen wir uns nachher vor dem Museum“, schlägt Lena vor. „So gegen zwei?“

„Heute Nachmittag kommt mein Opa zu Besuch, da kann ich leider nicht“, antwortet Alex. „Aber ihr könnt ruhig ohne mich zu Frau Herdlein gehen“, sagt er dann großzügig. „Ihr dürft ihr nur auf keinen Fall verraten, dass ich über den Bauzaun geklettert bin.“

„Machen wir nicht!“
„Ehrenwort!“
„Warst du eigentlich schon mal im Heimatkundemuseum?“, fragt Tim da.
Lena schüttelt den Kopf. „Nee, du?“
„Bisher noch nicht“, antwortet Tim und grinst. „Aber einmal ist immer das erste Mal!“

Gewissheit!

Tim und Lena haben Glück. Als sie ein paar Stunden später das Heimatkundemuseum betreten, treffen sie gleich im ersten Ausstellungsraum auf eine junge Frau mit Pferdeschwanz. Sie ist gerade dabei, altes Geschirr in einen schweren Eichenschrank einzuräumen.
„Das ist Frau Herdlein“, flüstert Lena Tim ins Ohr.
Tim sieht sie überrascht an. „Woher weißt du das?“
„Es steht auf ihrem Namensschild“, antwortet sie und deutet kichernd auf einen Anstecker am Jackett der jungen Frau.
„Hallo, ihr zwei, kann ich helfen?“, fragt Frau Herdlein da und schaut freundlich zu den beiden rüber.
Tim räuspert sich. „Hallo, wir würden gerne etwas über den alten Kirchenschatz der Martinuskapelle erfahren. Pfarrer Neuner hat uns die Geschichte erzählt und dass Sie glauben, dass Kelch und Schale immer noch auf dem Baugelände sind.“
„Stimmt, ganz im Gegensatz zu ihm“, sagt Frau Herdlein lachend. „Unser Pfarrer hält das Ganze nämlich für großen Blödsinn.“
„Warum sind Sie sich denn so sicher?“, hakt Lena nach.
„Ich zeige es euch. Kommt mit.“
Frau Herdlein nimmt Tim und Lena mit in einen Raum, an dessen Wänden mehrere große Bilder in riesigen, verschnörkelten Holzrahmen hängen.

„Das ist Bruder Bartimäus“, sagt Frau Herdlein und deutet auf das Gemälde, auf dem ein etwas fülliger Herr mit Halbglatze und brauner Kutte zu sehen ist. „Er war der letzte Pater der Martinuskapelle und sein Porträt entstand 1899.“
„In dem Jahr, als es gebrannt hat“, fällt Tim sofort auf.
Frau Herdlein nickt anerkennend. „Genau! Nun achtet einmal auf den kleinen Tisch im Hintergrund.“
„Da stehen ein Kelch und eine Schale“, sagt Lena.
„Richtig! Und es sind dieselben wie hier.“ Frau Herdlein zeigt auf ein weiteres Bild. Dort hat der Maler eine Altarszene festgehalten und Kelch und Hostienschale sind gut zu erkennen. Auf einem kleinen Schild unter dem Gemälde steht als Erklärung: „Eingeladen zum Tisch des Herrn, Martinuskapelle 1746“.
Sofort schießen Tim tausend Gedanken durch den Kopf. „Krass! Der Knauf vom Deckel der Hostienschale sieht tatsächlich genauso aus wie das Ding, das Alex gefunden hat. Ein roter Edelstein in goldener Fassung, irre!“

Vorsichtig schielt er zu Lena hinüber, die ihm kaum merklich zunickt. Offensichtlich ist ihr die große Ähnlichkeit auch aufgefallen.

„Beide Bilder zeigen, dass die Priester mit ziemlicher Sicherheit bis zum Brand 1899 im Besitz dieser alten, wertvollen Gegenstände waren“, berichtet Frau Herdlein gerade. „Außerdem gibt es noch einen Brief von Pater Bartimäus.“

Gemeinsam mit Lena und Tim geht sie zu einer Glasvitrine in der Mitte des Raumes. Darin liegt neben einer schön verzierten Bibel ein altes, vergilbtes Blatt Papier, auf dem etwas in komisch aussehenden Buchstaben steht.

„Aber das kann man ja gar nicht lesen“, beschwert sich Tim.

„Diese Schrift nennt man Kurrentschrift, so haben die Menschen im 19. Jahrhundert geschrieben“, erklärt Frau Herdlein ihm. „In diesem Brief bittet der Pater die Mitglieder der Martinusgemeinde eindringlich, dass man die Suche nach dem verschollenen Kirchenschatz auf gar keinen Fall aufgeben soll. Er selbst war zu diesem Zeitpunkt allerdings schon längst wieder in sein Heimatkloster zurückgekehrt, weshalb Pfarrer Neuner und einige andere nun glauben, Pater Bartimäus hat Kelch und Schale damals einfach eingepackt und mitgenommen.“

„Hat er nicht!“, platzt es da aus Lena heraus.

Erschrocken knufft Tim seine Freundin in die Seite und schüttelt kaum merklich den Kopf.

„Ich meine, ich kann einfach nicht glauben, dass Pater Bartimäus seine Gemeinde so belogen hat“, sagt Lena da schnell.

„Ich auch nicht!“, lacht Frau Herdlein und zwinkert Lena zu. „Allerdings ist bis heute nicht eindeutig geklärt, ob der Brief wirklich von Pater Bartimäus stammt oder von jemand anderem.“

„Es könnte auch eine Fälschung sein?“, fragt Lena verblüfft.

Frau Herdlein nickt. „Mein Vorgänger, Dr. Tomken, glaubt zum Beispiel, der Brief sei in Wirklichkeit vom damaligen Bürgermeister geschrieben worden“, erläutert sie. „Vertraut man Berichten aus der Zeit, war dieser ein absolutes Schlitzohr. Und ihm kam der Rummel um einen verschollenen Kirchenschatz damals gerade recht. Immerhin zog der Trubel jede Menge Menschen an und machte das kleine Städtchen berühmt."

„Und man kann wirklich nicht herausfinden, wer von den beiden den Brief geschrieben hat?", hakt Tim nach.

„Dazu bräuchte man Vergleichsmaterial", antwortet Frau Herdlein. „Leider haben wir aber weder von Pater Bartimäus noch vom damaligen Bürgermeister andere handschriftliche Aufzeichnungen."

„Schade!", meint Lena.

„Trotzdem! Ich bin davon überzeugt, dass der Brief wirklich von Pater Bartimäus ist", betont Frau Herdlein. „Deshalb wollte ich auch unbedingt noch einmal nach dem Schatz suchen. Der Kelch und die Hostienschale wären für unsere geschichtliche Sammlung von unschätzbarem Wert." Frau Herdlein macht eine kurze Pause und seufzt. „Ach, was soll's. Die Gemeinde hat den Grund an Bogner verkauft und der baut dort nun Eigentumswohnungen – Schatzsuche ausgeschlossen."

„Und wenn die Arbeiter auf der Baustelle nun zufällig auf den Schatz stoßen?", überlegt Lena da. „Dann ..."

„Gehört er Bogner", meint Tim. „Ist doch klar."

Aber Frau Herdlein schüttelt den Kopf. „Wenn man den Schatz wirklich findet, bekommt ihn entweder die Kirche als ursprünglicher Eigentümer zurück oder die Fundstücke wandern zu uns ins Museum. Herr Bogner erhält lediglich einen Finderlohn", erklärt sie dann.

„Klingt irgendwie unfair", meint Tim. „Immerhin gehört ihm das Grundstück doch jetzt."
„Stell dir mal vor, du findest in deinem Garten eine wunderschöne goldene Kette und du weißt ganz genau, dass sie deiner Freundin gehört. Was tust du?", fragt Frau Herdlein.
„Ich gebe sie natürlich zurück", antwortet Tim sofort. Dann überlegt er: „Die Bilder im Museum beweisen, dass der Kelch und die Schale einmal zur Martinuskapelle gehörten ..."
„Und deshalb müsste Herr Bogner sie auch der Kirche zurückgeben", beendet Lena den Satz.
Frau Herdlein nickt. „Die Martinusgemeinde könnte die Fundstücke unserem Museum ausleihen und wir könnten sie hier ausstellen", fantasiert sie und lächelt selig. „Es kämen wieder mehr Besucher und kein Stadtrat käme auf die Idee, uns zu schließen."
„Will der Rat das denn?", fragt Lena entsetzt.
„Ja, leider!", antwortet Frau Herdlein. „Wenn das Interesse an den Ausstellungsstücken nicht bald steigt, gibt es das Heimatmuseum nächstes Jahr nicht mehr", erklärt sie traurig.
„Das wäre aber schade!", meint Tim.
„Finde ich auch", sagt Frau Herdlein seufzend. „Aber nun sollte ich mich mal wieder an die Arbeit begeben. Auf mich wartet noch jede Menge Geschirr." Sie zwinkert den beiden zu und verabschiedet sich.
„Der Deckel der Hostienschale auf dem Bild mit der Altarszene ...", beginnt Lena aufgeregt, nachdem Frau Herdlein den Raum verlassen hat.

„Der Schatz ist tatsächlich noch da!“, ruft Tim dazwischen und seine Stimme überschlägt sich fast. „Er liegt auf dem Baugrundstück von Herrn Bogner und wartet nur darauf, gefunden zu werden.“
„Und was machen wir jetzt?“, will Lena wissen. „Sollen wir Frau Herdlein von unserem Fund erzählen?“
„Auf keinen Fall!“, antwortet Tim und schüttelt den Kopf. „Dann müssten wir ihr ja auch verraten, dass Alex über den Bauzaun geklettert ist“, erklärt er. „Und das dürfen wir nicht, wir haben es ihm versprochen!“
„Aber behalten können wir den Rubin auch nicht“, gibt Lena zu bedenken. „Schließlich gehört er nicht uns, sondern der Kirche.“
Tim zieht die Stirn kraus und überlegt einen Augenblick.
„Ich hab's“, meint er schließlich und grinst. „Wir legen den Rubin einfach wieder dahin zurück, wo Alex ihn gefunden hat. Dort finden ihn die Bauarbeiter, geben ihn Pfarrer Neuner und wir sind fein raus.“
„Gute Idee! Gleich morgen Nachmittag bringen wir den Edelstein zurück“, schlägt Lena vor.
„Das machen wir!“, sagt Tim. „Aber jetzt schauen wir erst mal bei Alex vorbei und erzählen ihm, was wir alles herausgefunden haben.“
„Und von unserem Plan“, ergänzt Lena. „Hoffentlich ist er einverstanden.“
„Bestimmt“, meint Tim zuversichtlich und die beiden machen sich auf den Weg.

So eine Gemeinheit!

Da Alex tatsächlich einverstanden ist, den Rubin zurück auf die Baustelle zu legen, hocken die drei am nächsten Nachmittag wieder im Apfelbaum neben der Martinuskirche und schauen sich um.

„Okay, die Luft ist rein!", stellt Lena zufrieden fest, nachdem sie mit ihrem Fernglas sogar die Straße vor der Baustelle noch einmal gründlich abgesucht hat. „Alle Arbeiter sind weg."

„Dann los!" Tim knotet die Strickleiter fest, doch Alex zögert.

„Was ist?", fragt Lena verwundert.

Alex deutet auf das riesige Erdloch, welches ein paar Schritte hinter dem Bauzaun beginnt.

„Genau dort habe ich den Rubin gefunden", erklärt er und zeigt auf die Mitte der Grube. „Da war dort aber noch kein Loch."

„Das wird bestimmt der Keller", vermutet Tim.

Alex zieht die Stirn kraus und überlegt. „Ich lege den Rubin einfach hier drüben, ein Stück neben der Grube ab. Dort könnte er ja auch gefunden worden sein", erklärt er schließlich.

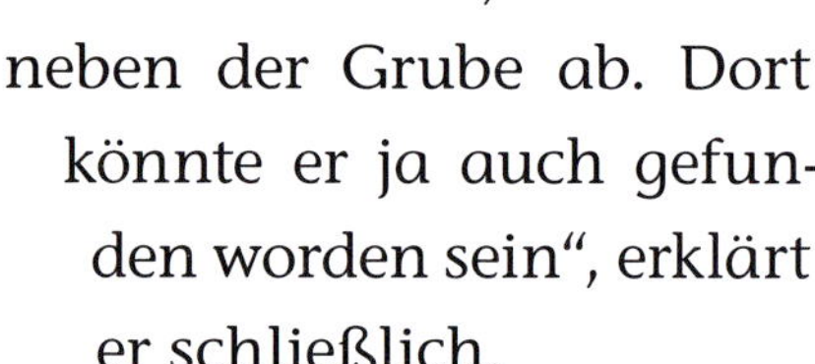

„Gute Idee“, findet Tim. „Aber mach schnell.“
„Keine Sorge, ich beeil mich“, verspricht Alex.
In Windeseile steigt er die Strickleiter hinunter und sitzt schon wenige Minuten später wieder neben Lena und Tim im Baum.
„Das wäre geschafft!“
Erleichtert klettern die drei wieder hinunter.
„Jetzt können wir nur noch warten“, seufzt Lena und pustet sich eine Haarsträhne aus dem Gesicht.
„Meint ihr, wir bekommen mit, wenn der Rubin gefunden wurde?“, überlegt Tim.
„Klar! Das gibt einen gehörigen Rummel“, ist sich Alex sicher.
„Das glaube ich auch. Immerhin ist er der Beweis dafür, dass es den Schatz aus der alten Kapelle wirklich gibt“, erklärt Lena. „Und dann wird bestimmt auch nach dem Rest gesucht.“
Die nächsten Tage warten Tim, Lena und Alex gespannt, doch nichts geschieht.
„Die Arbeiter auf der Baustelle müssen den Rubin doch längst gefunden haben“, mault Alex, während er sich mit Lena und Tim wieder auf den Weg zur Martinuskirche macht. „Ich habe ihn so hingelegt, dass man ihn gar nicht übersehen kann.“
„Ich kann mir das auch nicht erklären“, sagt Lena und runzelt nachdenklich die Stirn.
„Vielleicht ist er in die Grube gerutscht und dort verschüttet worden“, überlegt Tim.

„Das wäre eine Katastrophe!“, jammert Alex. „Dann weiß außer uns ja keiner, dass auf der Baustelle wirklich ein Schatz liegt, und er wird vielleicht nie gefunden.“
„Und wenn wir Pfarrer Neuner alles erzählen?“, fragt Lena vorsichtig und schielt dabei in Alex’ Richtung. „Wir könnten ihm das mit der Drohne und dem Bauzaun beichten und er wird es keinem weitersagen, weder deinen Eltern noch Herrn Bogner. Das hat er uns doch erklärt.“
„Ich weiß nicht“, murmelt Alex und schaut gequält zwischen Lena und Tim hin und her.
„Das müssen wir ja nicht sofort entscheiden“, lenkt Tim da ein und klopft Alex freundschaftlich auf die Schulter. „Jetzt haben wir erst mal Gruppenstunde.“
Alex atmet tief durch und auf seinem Gesicht zeigt sich ein kleines Lächeln. „Bin gespannt, welches Bild wir als Erstes malen“, meint er. „Ich wäre für Jesus mit uns zusammen in einem Boot.“
„Damit würde ich auch anfangen“, sagt Lena. „Schließlich ist es das Motto unserer Kommunion.“

Als die drei wenig später an der Kirche ankommen, liegt vor dem Bauzaun eine Plane, auf der verteilt mehrere Farbeimer und Pinsel bereitstehen.
„Habt ihr alle an eure ‚Malerklamotten‘ gedacht?“, fragt Pfarrer Neuner in die Runde. Auf das Nicken der Kommunionkinder hin lächelt er. „Sehr gut! Und womit beginnen wir?“

„Mit dem Schiff", antworten die Kinder im Chor.

Lena und Alex grinsen zufrieden.

„Also dann!"

Sie schnappen sich Pinsel und Farben und kurze Zeit später ziert den Zaun ein großes Boot, in dessen Mitte Jesus steht.

„Jetzt fehlen nur noch wir", ruft Jan zufrieden und legt los. Nach einer weiteren Stunde sitzen acht Kommunionkinder mit Jesus im Boot und daneben hockt auch noch Zachäus auf seinem Baum.

„Die Bilder sind richtig schön geworden", lobt Pfarrer Neuner am Ende. „Doch für heute ist leider erst einmal Schluss."

„Schade!", findet Tim. Er hätte gerne noch weitergemacht. Aber nun heißt es Farbeimer und Plane zusammenräumen und Pinsel auswaschen. Dann verabschieden sie sich.

„Können wir nicht noch einmal auf den Baum klettern?", bittet Alex, als die drei wieder allein sind. „Womöglich haben die Leute von der Baustelle die letzten Tage ja woanders gearbeitet und der Rubin ist immer noch genau dort, wo ich ihn hingelegt habe."

„Du willst jetzt nicht schon wieder über den Zaun steigen, oder?", fragt Lena und verdreht genervt die Augen. „Irgendwann wird man uns doch noch erwischen."

Alex schüttelt den Kopf. „Nur durch dein Fernglas schauen", verspricht er. „Ehrenwort."

„Durch das von meinem Vater", verbessert Lena ihn und seufzt. „Also gut, von mir aus. Ich gehe es holen. Aber für die ganze Rennerei schuldest du mir ein Eis."

„Abgemacht!“, sagt Alex und grinst.
Lena will gerade losflitzen, da hält plötzlich ein blauer Kombi auf dem Parkplatz vor der Baustelle und zwei Typen in Arbeitskleidung steigen aus. Mit jeweils einer großen Schaufel in der Hand verschwinden sie auf das Gelände.
„Vielleicht finden sie den Rubin ja genau jetzt?“, flüstert Alex und seine Stimme überschlägt sich fast vor Aufregung. „Das muss ich sehen!“ In Windeseile hockt er oben im Apfelbaum, Lena und Tim klettern hinterher.
„Dort sind die beiden! – Genau an der Stelle, wo ich den Edelstein abgelegt habe, seht ihr?“
Tim nickt. „Und die beiden graben!“, stellt er erstaunt fest.
„Die suchen den Schatz!“, platzt es da aus Lena heraus. „Sie haben den Rubin also doch gefunden.“
„Haben es aber niemandem erzählt, weil sie ihren wertvollen Fund für sich behalten wollen“, vermutet Alex und schüttelt verärgert den Kopf.
„Und suchen nun stattdessen auch noch nach der Schale und dem Kelch“, stellt Tim wütend fest. „Dabei wissen sie mit Sicherheit, dass beide der Martinusgemeinde gehören.“
Da schmeißt plötzlich einer der Männer seine Schaufel weg und stampft in Richtung Apfelbaum. Erschrocken halten die drei die Luft an.
„Hoffentlich hat der Kerl uns nicht entdeckt“, schießt es Tim durch den Kopf und sein Magen zieht sich schlagartig zu einem Klumpen zusammen. Lena und Alex geht es nicht besser. Ihre ängstlichen Gesichter sprechen Bände.

„Hey, wo willst du hin?“, ruft der andere Mann seinem Kollegen hinterher.
„Ich hock mich unter den Baum!“, lautet die prompte Antwort. „Du kannst ja gerne weiter im Dreck rumwühlen, wenn du Lust hast – ich nicht! Da ist nämlich kein Schatz!“
„Aber den Klunker haben wir auch dort gefunden. Und der Boss meint …“
„Dann soll er herkommen und selber buddeln“, schnaubt der erste wütend.
„Er bezahlt uns doch gut dafür“, versucht der zweite seinen Kumpel zu beruhigen.
„Ach was – für die Schufterei! Ich mach für heute jedenfalls Schluss.“
„Gut, hören wir auf“, lenkt der zweite ein. „Aber morgen suchen wir weiter.“
„Na, mal schauen“, brummt der erste und die beiden verlassen zusammen die Baustelle.
„Puh, für einen Moment dachte ich, wir sind verloren“, sagt Lena und schnauft erst einmal tief durch.
Tim nickt. „Ich habe mir vor Angst fast in die Hose gemacht.“
„Na, und ich erst!“, stöhnt Alex. „Ich würde allerdings auch zu gerne wissen, wer der Boss dieser beiden Knalltüten ist. Den Rubin einfach behalten, das ist doch das Oberletzte!“
„Der Boss ist Bogner“, sagt Lena da und schaut in zwei verblüffte Gesichter. „Dem gehört doch die Baustelle. Also hat er die Arbeiter beauftragt, nach dem Schatz zu suchen“, erklärt sie dann.

„Bogner? Meinst du wirklich?" Tim ist noch nicht überzeugt. „Es könnte doch genauso gut …", er überlegt einen Augenblick, „… der Chef der Baggerfahrer sein oder ein anderer Vorgesetzter", sagt er schließlich.

Alex schaut verwirrt von Tim zu Lena. „Also für mich klingt beides logisch", seufzt er und fährt sich mit den Fingern durch seine Haare. „Und was machen wir nun?"

„Ich muss jetzt erst mal nach Hause", antwortet Tim.

„Ich auch!", nickt Lena.

„Okay, aber morgen sind wir wieder da und schauen den beiden Typen mal ordentlich auf die Finger", erklärt Alex fest entschlossen.

Fotos und ein Plan

Am nächsten Tag sitzen Tim, Lena und Alex wieder im Apfelbaum und warten. Von hier oben haben sie einen guten Überblick über die Baustelle, den Parkplatz und ein Stück der Martinusstraße. Sie sehen Autos in die eine oder andere Richtung fahren, Herr Schmitz kommt und bringt frische Blumen für den Altar in die Kirche und die alte Frau Meier geht mit ihrem noch älteren Dackel Fridolin spazieren. Doch auf der Baustelle rührt sich nichts.

„Jetzt ist es schon nach fünf", seufzt Lena und zieht nachdenklich die Stirn kraus. „Die letzten Arbeiter sind um kurz nach vier gegangen. Also, ich glaube, die Typen von gestern kommen heute nicht mehr."

„Lasst uns noch eine halbe Stunde warten", bettelt Alex.

„Von mir aus", ist Tim einverstanden und auch Lena nickt.

Und kurz darauf kommt tatsächlich der blaue Kombi die Straße entlang und hält wieder direkt vor der Baustelle. Die beiden Männer steigen aus, holen ihre Schaufeln aus dem Kofferraum und gehen zurück zu der Stelle vom Vortag, um weiterzugraben.

„Na endlich!", murmelt Alex zufrieden und holt eine kleine Digitalkamera aus seiner Jackentasche. „Die habe ich extra noch eingesteckt, bevor ich von zu Hause weg bin",

erklärt er grinsend. „Jetzt können wir Beweisfotos von den Kerlen da unten machen."
„Coole Sache!", findet Tim, während Alex auf den Auslöser drückt.
Da hält neben dem Kombi plötzlich ein großer, schwarzer BMW und ein Mann in einem piekfeinen Anzug steigt aus. Er geht schnurstracks auf die Baustelle und zu den beiden Männern hinüber.
„Das ist der Bogner!", sagt Lena plötzlich und ihre Stimme überschlägt sich fast vor Aufregung. „Er sieht genauso aus wie auf dem Foto vom Werbezettel."
„Stimmt!" Jetzt erkennt auch Tim den Herrn im dunklen Anzug wieder.
Schnell schießt Alex ein Bild, worauf alle drei Männer gut zu sehen sind.
„Der Bogner scheint sich über irgendetwas ziemlich zu ärgern", stellt er dann fest.
Tatsächlich redet der Bauunternehmer mit hochrotem Kopf auf die beiden anderen Männer ein. Dabei fuchtelt er wild mit den Händen durch die Luft.
„Wahrscheinlich ist er sauer, weil sie gestern früher Schluss gemacht haben", vermutet Lena.
„Oder er weiß gar nichts von dem Schatz", überlegt Tim. „Deshalb beschwert er sich nun, dass die beiden nach Feierabend noch auf seiner Baustelle herumlungern."
In diesem Moment schnappt sich der Bauunternehmer eine der Schaufeln und zeigt den Männern unmissverständlich,

dass sie weitergraben sollen. „Da lag ich wohl falsch“, muss Tim zugeben. „Bogner ist tatsächlich der Boss!“

„Sag ich doch“, meint Lena und grinst. „Und wie geht es jetzt weiter?“

„Wir könnten Alex’ Fotos ausdrucken und Pfarrer Neuner in den Briefkasten stecken“, schlägt Tim vor. „Dann sieht er, was Bogner und seine Leute auf dem Nachbargrundstück treiben, und kann einschreiten …“

„Bevor sie mit dem Kirchenschatz verschwinden“, ergänzt Lena und zwinkert Alex zu. „Pfarrer Neuner muss dafür noch nicht mal wissen, von wem die Bilder sind.“

Doch Alex zögert.

„Dazu brauche ich den PC und die Hilfe meines Vaters“, rückt er schließlich mit der Sprache raus und knetet nervös seine Fingerspitzen. „Wenn er dabei die Bilder sieht und mich fragt, wer die drei Typen auf der Baustelle sind, was erzähle ich ihm dann?“

Tim überlegt einen Augenblick. „Wir könnten auch Hannes bitten, uns die Bilder auszudrucken“, sagt er dann. „Dem macht es bestimmt nichts aus, dass du über einen Baustellenzaun geklettert bist …“
„Also gut, gehen wir zu Hannes“, ist Alex einverstanden.
Schnell klettern die drei vom Baum und laufen zu Tim nach Hause.
Sie haben Glück, Hannes sitzt gerade am Küchentisch und beißt genüsslich in ein Schinkenbrot.
„Kannst du uns ganz fix ein paar Bilder von Alex' Fotoapparat ausdrucken? Ist wirklich dringend“, bittet Tim.
„Zehn Euro“, sagt Hannes und hält seinem jüngeren Bruder die offene Hand hin. Tim schluckt.
„War nur Spaß“, meint Hannes da und knufft Tim freundschaftlich in die Seite. „Was ist denn so Spannendes auf den Bildern, dass ihr sie sofort haben müsst?“
„Wirst schon sehen“, meint Tim geheimnisvoll.
„Na, das klingt ja aufregend“, lacht Hannes und nimmt die drei mit in sein Zimmer.
Alex gibt ihm die Kamera und schon wenige Minuten später erscheint das erste Foto auf dem Computerbildschirm.
„Zwei Arbeiter auf einer Baustelle?“ Hannes runzelt verwundert die Stirn, dann prustet er los. „Wow, was für ein Bild, einfach sensationell, muss ich wirklich zugeben!“
„Hannes hat recht! Man sieht überhaupt nicht, dass die beiden Männer nach einem Schatz suchen“, platzt es da aus Lena heraus.

„Schatz?“ Sofort hört Hannes auf zu lachen und schaut mit großen Augen von Lena zu Tim.
Tim nickt. „Früher stand eine alte Kapelle auf dem Grundstück neben der Martinuskirche und die Priester …“, beginnt er seinem Bruder nun die ganze Geschichte zu erzählen.
„Dieser Bogner! Und ihr seid euch sicher, dass er der Boss ist?“, fragt Hannes mit zusammengekniffenen Augenbrauen.
„Ganz sicher“, antwortet Lena. „Wir haben ihn eindeutig erkannt. Er ist übrigens auch auf einem der Bilder – hier, siehst du?“
„Cool!“
Alex seufzt. „Leider nicht ganz so cool, wie wir gedacht haben. Als Beweis sind sie jedenfalls nicht zu gebrauchen.“
„Das stimmt allerdings“, sagt Hannes und überlegt einen Augenblick. „Aber ihr könnt sie hervorragend als Druckmittel gegen den Bauunternehmer einsetzen“, überlegt er dann und zwinkert Alex aufmunternd zu.
„Und wie?“, fragt Tim erstaunt.
„Na, ganz einfach! Ihr schickt Bogner die Fotos und legt noch einen kleinen Brief dazu – anonym, damit keiner von euch Schwierigkeiten bekommt. Darin teilt ihr dem feinen Herrn mit, dass ihr von dem Rubin wisst“, erklärt Hannes seinen Plan. „Ihr fordert Bogner auf, den Edelstein bis spätestens morgen Abend, sieben Uhr, bei Pfarrer Neuner abzugeben, ansonsten …“
„… gehen Bilder und Infos an die Zeitung“, schlägt Lena vor.

„Super Idee!“, lobt Hannes. „Der Typ hat bestimmt keine Lust auf negative Schlagzeilen – die sind schließlich schlecht fürs Geschäft.“ Lena strahlt.

„Wenn ihr wollt, können wir den Brief auf meinem Computer schreiben“, bietet Hannes nun an. „Ich helfe euch.“

Er beginnt zu tippen. „Herr Bogner, wir wissen, dass Sie einen Rubin gefunden und unterschlagen haben, der eigentlich der Kirche gehört …“

„Klasse!“ Alex ist Feuer und Flamme, aber Tim hat Bedenken. „Ist das nicht Erpressung?“, will er wissen.

Doch Hannes schüttelt den Kopf. „Nur, wenn wir oder ein Dritter sich zu Unrecht dadurch bereichern würde. Das habe ich mal irgendwo gelesen. Der Rubin gehört aber der Kirche und Pfarrer Neuner ist Priester, also alles gut!“

„Und wie kommt der Brief zu Bogner?“, fällt Lena ein. „Seine Firma ist am anderen Ende der Stadt und mit der Post schicken dauert mehrere Tage …“

Da hellt sich Alex' Miene auf und er beginnt breit zu grinsen. „Wir klemmen Brief und Fotos einfach zwischen Windschutzscheibe und Scheibenwischer des blauen Kombis, während die beiden Typen auf der Baustelle nach dem Schatz suchen.“

„Das ist genial!“, ruft Tim begeistert. „Genau so machen wir das!“

„Kann ich mitkommen?“, fragt Hannes. „Ich würde zu gerne sehen, wie die beiden Typen auf unsere Nachricht reagieren.“

„Von mir aus gern“, sagt Tim und auch Lena und Alex sind einverstanden.
„Gleich morgen, wenn unsere beiden Schatzsucher sich wieder an die Arbeit machen?“, schlägt Alex vor und schaut erwartungsvoll in die Runde.
Tim, Lena und Hannes nicken.

Erwischt!

„Also, wir warten so lange, bis die beiden angefangen haben zu graben. Dann klettere ich nach unten, laufe zum Kombi und klemme die Nachricht hinter den Scheibenwischer“, fasst Hannes den Plan noch einmal zusammen.
Als er angeboten hat, die Aufgabe des Briefträgers zu übernehmen, waren Tim, Lena und Alex sofort einverstanden, da sie selbst viel zu aufgeregt dafür sind. Und nun sitzen sie alle vier im Apfelbaum und halten Ausschau nach dem blauen Kombi der kriminellen Schatzsucher.
„Hoffentlich kommen die Kerle bald“, jammert Alex und kaut nervös auf seiner Unterlippe herum. „Glaubt ihr, sie rufen sofort ihren Boss an, wenn sie den Brief gefunden haben?“
Hannes zuckt mit den Schultern. „Gut möglich. In dem Fall sollte ich wohl besser in der Nähe des Autos bleiben. Dann kann ich hören, was die Typen und ihr Chef besprechen.“
„Gut, aber pass bloß auf, dass sie dich nicht erwischen“, warnt Lena.
„Logisch!“, sagt Hannes lässig und grinst.
„Da sind sie, es geht los!“, ruft Alex plötzlich und rutscht vor Aufregung fast vom Ast, auf dem er hockt. Hannes und Tim können ihn gerade noch festhalten.
„Mensch, pass doch auf“, schimpft Lena und verdreht die Augen.

„Tut mir leid“, murmelt Alex und wird ein bisschen rot im Gesicht.

„Pssst ... sie haben den Kombi geparkt und gehen auf die Baustelle“, flüstert Tim.

„Okay, dann bin ich jetzt dran“, meint Hannes und steigt vom Baum.

In wenigen Schritten ist er beim Wagen der Bauarbeiter. Er hebt den Scheibenwischer hoch und will gerade den Brief dahinterklemmen, als ein schwarzer BMW die Straße heruntergebraust kommt.

Tim erkennt das Auto sofort wieder und ihm läuft ein kalter Schauer den Rücken hinunter.

„Das ist Bogner!“, schießt es ihm durch den Kopf.

„Hannes, du musst weglaufen, sofort!“, brüllt er lautstark.

Doch das Quietschen der Reifen übertönt seinen Schrei. Mit einer Vollbremsung bringt Bogner den BMW direkt vor Hannes zum Stehen und springt aus dem Wagen. Hannes zuckt erschrocken zusammen und bleibt wie angewurzelt stehen. Erst kurz bevor Bogner ihn am Arm packen will, versucht

Hannes noch zu fliehen – aber da ist es schon zu spät! Bogner hält ihn fest und ruft sofort in Richtung der Baustelle: „Kalle, Heinz, hier macht sich so ein Rotzbengel an eurem Auto zu schaffen!“

Starr vor Entsetzen beobachten Tim, Lena und Alex, wie die Männer die Spaten fallen lassen und zum Parkplatz eilen. Sie sehen, wie einer der beiden den Brief nimmt, ihn öffnet, liest und dann Bogner hinhält. Schließlich zerren die drei Hannes mit vereinten Kräften in den BMW und rasen zu viert davon.

Tim schießen die Tränen in die Augen. „Was machen wir denn jetzt?“, fragt er mit zittriger Stimme.

„Wir müssen Hannes retten“, antwortet Lena entschlossen.

„Das werden wir auch!“, verspricht Alex. „Wir laufen rüber zu Pfarrer Neuner und erzählen ihm, was passiert ist. Er kann uns bestimmt helfen.“

Wie der Blitz klettern die drei vom Baum herunter und rennen zum Pfarrhaus.

„Hoffentlich ist er da!“ Lena schickt ein Stoßgebet zum Himmel und drückt auf die Klingel.
Sie haben Glück. Schon nach wenigen Sekunden öffnet der Pfarrer die Tür.
„Sie müssen uns helfen!“, platzt es aus Tim heraus. „Der Bogner hat Hannes entführt ... weil wir von dem Schatz wissen ... der gehört eigentlich der Kirche“, schnieft er.
„Tim, um Himmels willen, ich versteh kein Wort.“ Tröstend legt Pfarrer Neuner seine Hand auf Tims Schulter. „Du bist ja ganz durcheinander. Was ist denn passiert?“
„Das kann ich erklären“, kommt Lena Tim zur Hilfe und erzählt in wenigen Sätzen, was vorgefallen ist.
Pfarrer Neuner hört aufmerksam zu. Dabei schüttelt er einige Male fassungslos den Kopf.
„Das hätte ich wirklich niemals von Herrn Bogner gedacht!“, erklärt er am Ende. Dann bittet er die Kinder ins Pfarrhaus und geht selbst zum Telefon.
„Hallo, Polizei, hier spricht Pfarrer Neuner von der Martinuskirche. Drei meiner Kommunionkinder sind gerade Zeugen eines Verbrechens geworden ... Sie schicken sofort einen Streifenwagen? Gut, wir warten im Pfarrhaus.“

„Wie lange dauert das denn?“, jammert Tim und rutscht unruhig auf seinem Stuhl hin und her.
„Pfarrer Neuner hat doch erst vor fünf Minuten bei der Polizei angerufen“, versucht Lena ihn zu beruhigen, obwohl auch ihre Stimme vor Aufregung etwas heiser klingt.

„Die kommen bestimmt gleich“, murmelt Alex und knabbert nervös an seinen Fingernägeln.
Die drei sitzen zusammen mit Pfarrer Neuner in seinem Büro und warten ungeduldig. Vor ihnen auf einem kleinen Tisch stehen Gläser mit Apfelschorle und ein großer Teller voller Schokolade.
„Nervennahrung“, meint Pfarrer Neuner, aber Tim, Lena und Alex bekommen kein Stück runter.
„Warum fahren die Polizisten überhaupt erst hierher?“, fragt Tim trotzig und kämpft schon wieder mit den Tränen. „Die sollen lieber gleich den Bogner verhaften und Hannes retten.“
„Aber dazu müssen sie von euch doch erst mal ganz genau erfahren, was passiert ist“, erklärt Pfarrer Neuner ruhig.
Da klingelt es endlich an der Tür und zwei Beamte betreten das Pfarrhaus.
„Wir müssen mit ihnen sprechen“, raunt Alex Lena ins Ohr. „Tim bekommt keinen geraden Satz heraus. Er ist wegen Hannes total fertig!“
Lena nickt, holt einmal tief Luft und beginnt.

Nachdem sie den Beamten alles erzählt haben, zückt einer der beiden sein Funkgerät.
„Leitstelle, bitte kommen ... Überprüft bitte mal die Firma Bogner. Verdacht auf Geiselnahme! Herr Bogner soll einen vierzehnjährigen Jungen in seiner Gewalt haben ... Genau, der Bauunternehmer ...“

„Und ihr begleitet uns aufs Präsidium, damit wir eure Aussagen aufnehmen können“, wendet sich sein Kollege an die Kinder. „Eure Eltern rufen wir von unterwegs aus an, damit sie ebenfalls zur Wache kommen.“
„Können wir nicht auch zu Bogner fahren? Biiiiiitte“, bettelt Tim und schnieft. „Ich muss doch wissen, was mit Hannes ist.“
Doch der Polizist schüttelt den Kopf. „Tut mir leid, mein Junge. Aber das wäre viel zu gefährlich“, erklärt er mit ernster Miene.
Traurig lässt Tim die Schultern hängen.
„Das wird schon!“, sagt der Polizist und nickt Tim aufmunternd zu. „Unsere Einsatzkräfte tun alles, um deinen Bruder so schnell wie möglich zu befreien.“

Wo steckt Hannes?

Als Tim, Lena und Alex auf dem Polizeirevier eintreffen, warten ihre Eltern schon ungeduldig auf sie – und neben Tims Mutter steht seine Patentante.

„Mein Name ist Friederike Keller. Ich bin Kommissarin auf diesem Revier“, stellt sie sich vor und schüttelt Lena und Alex die Hand, bevor sie Tim in die Arme nimmt und einmal fest drückt. „Na, da seid ihr drei aber in einen riesigen Schlamassel geraten!“

Tim nickt und schluckt. Sagen kann er nichts. In seinem Hals steckt ein dicker, fetter Kloß.

„Was ist denn eigentlich genau passiert?“, will Tims Mutter nun wissen und schaut verwirrt in die Runde. „Am Telefon sagte man uns nur, wir sollen so schnell wie möglich kommen.“

„Die Geschichte ist ein bisschen kompliziert. Aber mein Kollege, Kommissar Haber, wird gleich alles aufklären“, verspricht Tante Friederike und führt die drei und ihre Eltern zum Büro des Kommissars.

„Er leitet die Ermittlungen in eurem Fall“, erklärt sie. „Als Tante von Tim und Hannes darf ich das nämlich nicht. Aber dabei sein und zuhören, das kann ich natürlich trotzdem.“

Sie zwinkert Tim aufmunternd zu.

Auf Tims Gesicht zeigt sich ein kleines Lächeln.

„Hallo zusammen“, begrüßt Kommissar Haber sie freundlich und zeigt auf die Stühle vor seinem Schreibtisch. „Setzt euch doch bitte, die Erwachsenen natürlich auch. Meine Kollegen haben mich bereits über das Wichtigste informiert.“ Er macht eine kurze Pause. „Ihr habt also mitbekommen, dass Bauunternehmer Bogner und zwei seiner Mitarbeiter wertvolle Fundgegenstände unterschlagen haben“, fährt er dann fort.

Alex schluckt. „Alles hat damit angefangen, dass ich Mist gebaut habe und die Drohne über der Baustelle abgestürzt ist“, beginnt er zu erzählen.

„Das ist doch jetzt völlig egal!“, platzt es da aus Tim heraus. „Aber Hannes …“

„Hannes war auch bei euch?“, fragt sein Vater erstaunt und auf seiner Stirn bilden sich Sorgenfalten. „Und wo steckt er jetzt?“

„Er ist entführt worden“, antwortet Lena, noch bevor Kommissar Haber etwas sagen kann. Erschrocken schnappt Tims Mutter nach Luft, ihre Beine beginnen zu zittern und sie muss sich setzen. Auch Tims Vater kann es nicht fassen.

„Von wem?“, bringt er nur mühsam hervor.

„Von Klaus Bogner“, erklärt Tims Patentante nun. „Ein Einsatzkommando ist bereits dabei, das Firmengelände der Bogner GmbH im Industriegebiet zu durchsuchen, während zwei Streifenwagen zu seiner Privatadresse gefahren sind.“

In diesem Augenblick betritt ein Polizist das Büro.

„Die Kollegen haben Bogner in seinem Haus angetroffen. Leider konnte er flüchten und fährt nun in einem schwarzen

BMW auf der Autobahn Richtung Norden“, berichtet er. „Unsere Wagen haben die Verfolgung aufgenommen, Unterstützung ist ebenfalls unterwegs.“
„Und mein Sohn?“, fragt Tims Vater alarmiert.
Tim, Lena und Alex halten gespannt den Atem an.
Der Polizist schüttelt den Kopf. „Leider fehlt von dem Jungen bisher jede Spur.“
Tim sackt in sich zusammen und Tränen laufen ihm über das Gesicht. Da legt seine Mutter die Arme um ihn und zieht ihn ganz dicht zu sich heran.
„Wir müssen Geduld haben, auch wenn es schwerfällt“, sagt sie leise und drückt ihm zärtlich einen Kuss aufs Haar. Doch auch ihre Stimme zittert und ihre Augen glänzen verdächtig.
Kommissar Haber nickt. „So ein Firmengelände ist groß und unübersichtlich“, macht er Tim Mut. „Die Kollegen suchen in jedem Winkel.“
Plötzlich klingelt das Telefon.
„Haber … Gute Arbeit! Bringen Sie die beiden auf direktem Weg zur Wache“, sagt der Kommissar und legt auf.
„Wir haben Bogner – und Hannes! Er war im Kofferraum des BMW eingesperrt, aber es geht ihm gut!“
Tim, Lena und Alex fallen sich erleichtert in die Arme, während Tims Vater seiner Frau zärtlich die Hand drückt.

Keine halbe Stunde später sitzt Hannes zwischen Tim und seinen Eltern im Büro von Kommissar Haber. Alle vier sind überglücklich und strahlen um die Wette.

„Wir sind zu Bogner nach Hause gefahren und er hat blitzschnell ein paar Sachen eingepackt. Den beiden Arbeitern hat er befohlen, mir währenddessen mit Klebeband die Hände zu fesseln. Danach haben die drei mich gezwungen, in den Kofferraum von Bogners Wagen zu klettern. Ich habe noch gehört, wie die beiden Typen sich verabschiedet haben. Dann ist Bogner eingestiegen und losgerast", berichtet Hannes. „Ich hatte eine Scheißangst und konnte nur hoffen, dass ihr Hilfe holt – und das möglichst schnell!"
„Was wir auch getan haben!", erklärt Alex lachend. Genau wie alle anderen ist er unendlich froh, dass alles so glimpflich ausgegangen ist. „Wir sind zu Pfarrer Neuner gerannt, der hat sofort die Polizei gerufen."
„Das habt ihr gut gemacht!", lobt Kommissar Haber. „Allerdings frag ich mich schon die ganze Zeit, warum ihr den Rubin zurück auf die Baustelle gebracht habt. Ihr hättet ihn doch viel besser Pfarrer Neuner oder Frau Herdlein geben können."
„Das ist meine Schuld", gibt Alex jetzt kleinlaut zu. „Ich bin über den Bauzaun geklettert, um Hannes' Drohne wiederzuholen." Er macht eine kurze Pause. „Aber das Betreten der Baustelle ist doch streng verboten", murmelt er dann.
„Und damit du keinen Ärger bekommst, habt ihr drei beschlossen, Herrn Bogner und seine Helfer selbst zu überführen", vermutet der Kommissar nun.
„Wir wollten sie wenigstens zwingen, den Rubin wieder herauszurücken", erklärt Lena. „Der Bogner sollte ihn Pfarrer Neuner geben, Hannes wollte uns dabei helfen, aber …"

„Das ist gründlich danebengegangen!“, fährt Tim fort und schüttelt sich. Er bekommt eine richtige Gänsehaut, wenn er nur daran denkt, was seinem Bruder alles hätte passieren können.

„Deshalb ist Verbrechenaufklären Sache der Polizei!“, betont Kommissar Haber ernst. „Ihr habt nun selbst erlebt, wie gefährlich es werden kann, wenn man es auf eigene Faust versucht.“

Die drei Freunde und Hannes nicken zerknirscht.

„Und was ist jetzt mit mir?“, fragt Alex leise.

Kommissar Haber überlegt einen Augenblick. „Da ich mir sicher bin, dass du nie wieder auf einer Baustelle herumkletterst …“, beginnt er und schaut Alex streng an.

Der schüttelt heftig den Kopf. „Nie wieder!", verspricht er sofort.
„... belassen wir es für dieses eine Mal einfach dabei", beendet der Kommissar seinen Satz und lächelt. „Schließlich hätten wir ohne euch nie von der Fundunterschlagung erfahren und Bogner wäre womöglich irgendwann mit dem gesamten Kirchenschatz untergetaucht."
Alex fällt ein Stein vom Herzen.
„Haben Ihre Kollegen eigentlich auch den Rubin gefunden?", will Lena da wissen.
Kommissar Haber nickt. „Die Beamten haben ihn in Bogners Manteltasche gefunden, als sie ihn festgenommen haben – versteckt in einer Zigarettenschachtel. Sobald der Prozess vorbei ist, wird er sofort Pfarrer Neuner ausgehändigt."
Tim, Lena und Alex jubeln los.

Am Abend klingelt bei Tim zu Hause das Telefon und er hebt ab. Es ist Pfarrer Neuner.
„Wie geht es Hannes?", erkundigt er sich als Erstes.
„Ganz okay", antwortet Tim. „Er hat ein paar Druckstellen an seinen Handgelenken und ist noch ein bisschen durch den Wind, aber sonst fehlt ihm nichts."
„Was für ein Glück!", freut sich der Pfarrer. „Ich habe den Rubin übrigens schon Frau Herdlein für ihr Museum versprochen. Sie war ganz aus dem Häuschen. Jetzt wird der Edelstein von der Polizei aber erst mal einem Experten vorgelegt – zur Sicherheit. Der Fachmann soll bestätigen, dass es sich bei

unserem Fundstück tatsächlich um einen Teil des verschollenen Kirchenschatzes handelt."
„Und wenn feststeht, dass der Rubin zum Schatz gehört?", hakt Tim nach.
„Dann begibt sich Frau Herdlein mit einem Team auf die Suche nach dem Rest", antwortet Pfarrer Neuner. „Die Martinusgemeinde, das Heimatkundemuseum und die Stadt werden sie dabei finanziell unterstützen. Auf drei Schultern verteilt bekommen wir das mit den Kosten schon hin."
„Das hat Herr Bogner erlaubt?", wundert sich Tim.
„Ich glaube, Herr Bogner hat im Augenblick ganz andere Probleme", antwortet Pfarrer Neuner.
„Stimmt! Er sitzt in Untersuchungshaft und wird nicht nur wegen Fundunterschlagung, sondern auch wegen der Entführung von Hannes angeklagt", weiß Tim. „Das hat uns meine Patentante erzählt."
„Verstehe! Außerdem gehört so ein wertvoller Schatz unbedingt in ein Museum", fährt der Pfarrer fort. „Findest du nicht auch?"
„Unbedingt!"
„Allerdings bittet Frau Herdlein uns, noch mit niemandem über die ganze Geschichte zu sprechen. Sie möchte gerne erst einmal die Beurteilung des Rubins durch den Experten abwarten, bevor der ganze Medienrummel losgeht. Und der wird riesig, sobald die Presse erfährt, dass ihr einen Teil des verschollenen Kirchenschatzes gefunden habt", befürchtet Pfarrer Neuner und seufzt.

„Heißt das, wir kommen in die Zeitung?“, fragt Tim und seine Augen beginnen zu funkeln.
„Mehr noch, ihr bekommt einen Finderlohn“, sagt Pfarrer Neuner.
„Was? Wirklich?“ Tim rutscht fast der Hörer aus der Hand, so überrascht ist er. „Das ist ja irre!“
„Aber erst mal zu niemandem ein Wort“, fordert Pfarrer Neuner ernst.
„Versprochen!“

Auf Schatzsuche

Heute ist wieder Gruppenstunde. Doch bevor Tim, Lena und Alex gemeinsam mit den anderen Kommunionkindern an den Bildern auf dem Bauzaun weitermalen können, ruft Pfarrer Neuner die drei zu sich.

„Gerade hat mich Frau Herdlein angerufen“, erzählt er.

„Und?“ Tim ist so gespannt auf das Urteil des Experten, dass er es kaum aushalten kann.

„Der Rubin gehört tatsächlich zur alten Hostienschale aus der Martinuskapelle“, verkündet Pfarrer Neuner feierlich.

„Juhu!“ Tim streckt jubelnd die Hand aus und Lena und Alex schlagen ein.

„Und ich muss zugeben, dass ich unrecht hatte“, meint Pfarrer Neuner lachend. „Der Brief von Pater Bartimäus war zum Glück doch keine Fälschung.“

„Welcher Brief?“, wundert sich Hendrik und auch die anderen Kommunionkinder schauen neugierig.

„Dürfen wir es jetzt erzählen?“, fragt Lena aufgeregt.

Pfarrer Neuner nickt.

„Wir haben einen wertvollen Rubin gefunden“, beginnt Lena dann voller Stolz. „Er ist Teil eines alten, verschollenen Schatzes und …“

Tim, Lena und Alex müssen den anderen Kommunionkindern ausführlich berichten, wie sie den Edelstein gefunden und es am Ende geschafft haben, dass Bogner nicht mit dem Rubin verschwinden konnte.

„Einfach obercool, dass ihr es dem Kerl gezeigt habt“, findet Sven und klopft Alex anerkennend auf die Schulter. Die beiden sind mittlerweile dabei, den verlorenen Sohn in den Armen seines Vaters auf den Bauzaun zu malen, während Tim und Lena gleich daneben fünf Brote und zwei Fische zeichnen.
„Als Bogner sich Hannes geschnappt hat, war das schon ziemlich krass und überhaupt nicht ‚cool‘“, erwidert Lena. „Darauf hätten wir gerne verzichtet!“
„Hallo, Pfarrer Neuner“, ruft da plötzlich eine Stimme von der Baustelle rüber. „Sind Sie das?“
„Frau Herdlein? Ich und die Kommunionkinder verschönern gerade unsere Seite des Zauns“, antwortet Pfarrer Neuner.
„Oh, gut, dann sind unsere drei Helden, die den Rubin gefunden haben, auch bei Ihnen?“, vermutet Frau Herdlein.
„Sie stehen neben mir.“
„Prima! Würden Sie die drei vielleicht einmal kurz zu mir rüberschicken?“, bittet Frau Herdlein nun. „Dann können sie mir zeigen, wo genau sie den Rubin gefunden haben.“
Lena schaut fragend zu Pfarrer Neuner. „Dürfen wir?“
„Wenn Frau Herdlein eure Unterstützung braucht, habe ich nichts dagegen“, ist Pfarrer Neuner einverstanden. „Unsere Gruppenstunde ist ja eh gleich zu Ende.“
Die drei verabschieden sich von Pfarrer Neuner und flitzen los.

Auf der Baustelle hat sich einiges verändert. Die Bagger und anderen Baumaschinen sind verschwunden. Stattdessen stecken nun jede Menge kleiner Fähnchen in der Erde, zwischen denen dünne Schnüre gespannt wurden.
„Warum haben Sie die Fläche denn in lauter kleine Rechtecke eingeteilt?“, wundert sich Tim.
„So können wir Abschnitt für Abschnitt absuchen und wissen trotzdem genau, wo wir schon waren und wo noch nicht“, erklärt Frau Herdlein. „In welchem Quadrat habt ihr den Edelstein denn gefunden?“
Alex kratzt sich nachdenklich am Kopf. „Dort, glaube ich. Aber sicher bin ich mir nicht.“ Er deutet auf einen Abschnitt, der mitten in der Baugrube liegt. „Die Grube war noch nicht da, als ich den Rubin gefunden habe“, erklärt er. „Aber als ich ihn zurückbringen wollte, schon. Deshalb habe ich ihn dann in dem Quadrat hier links vorne am Rand abgelegt.“
„Verstehe!“, murmelt Frau Herdlein und lächelt. „Das ist also der Grund, warum Herr Bogner den Schatz nicht gefunden hat. Er hat an der falschen Stelle gesucht.“
Sie nimmt sich eine kleine Schaufel und geht zielstrebig zu einem Berg frisch aufgehäufter Erde auf der anderen Seite der Baugrube.
„Vielleicht haben die Bagger unbemerkt den Rest des Schatzes zusammen mit der Grube ausgehoben“, vermutet sie dann.
„Dürfen wir helfen?“, fragt Alex und schaut dabei so sehnsüchtig, als würde ein Dackel um eine Wurst betteln. Frau Herdlein überlegt einen Augenblick. „Warum eigentlich

nicht“, meint sie dann. „In meinem Rucksack sind noch eine Schaufel und zwei kleine Hacken, die ihr nehmen könnt.“

„Super!“

„Klasse!“

„Cool!“

Tim, Lena und Alex schnattern aufgeregt durcheinander.

„Ihr müsst aber ganz vorsichtig sein, zum einen, damit ihr nicht abrutscht und euch verletzt, zum anderen, damit keines der Fundstücke beschädigt wird“, unterbricht Frau Herdlein sie ernst.

„Versprochen!“, rufen alle drei wie aus einem Mund.

Schnell schnappen sie sich die Sachen aus dem Rucksack, klettern den Berg hinauf und beginnen ebenfalls zu suchen. Wie Frau Herdlein räumen sie behutsam kleine und größere Steine aus dem Weg und buddeln hier und dort stichprobenartig Löcher. Nichts!

„Ganz schön anstrengend“, meint Tim schließlich und verzieht das Gesicht. „Mein Rücken tut total weh vom vielen Bücken.“

„Meiner auch!“, stöhnt Lena und stemmt die Hände ins Kreuz.

„Aber der Schatz muss hier doch irgendwo sein“, jammert Alex enttäuscht.

„Natürlich ist er das!“, sagt Frau Herdlein da und nickt ihm aufmunternd zu. „Deshalb werden wir den Hügel in den nächsten Tagen auch Schicht für Schicht ganz genau unter

die Lupe nehmen. Für heute ist allerdings erst mal Schluss. Es wird gleich dunkel und ihr müsst bestimmt nach Hause."
„Schade!", denkt Tim und seufzt.
Nachdem Frau Herdlein, Alex und Lena nach unten gestiegen sind, macht sich auch Tim auf den Weg. Doch da passiert es! Er verliert den Halt und schliddert auf dem Hosenboden den Erdhügel hinunter.
„Hast du dich verletzt?", fragt Frau Herdlein besorgt.
Doch Tim schüttelt den Kopf und strahlt dann über das ganze Gesicht. „Alles halb so wild", antwortet er lässig. „Aber schaut mal." Tim zeigt mit dem Finger auf den Erdhaufen vor sich. Dann rappelt er sich hoch und kraxelt den Berg noch einmal hinauf. Vor seinen Füßen schimmert etwas Goldenes unter den Erdklumpen hervor. Tim bückt sich und beginnt zu graben.
Mit großen Augen schauen ihm Lena und Alex zu, während Frau Herdlein sofort zu Tim eilt.
Gemeinsam begutachten sie den Fund. „Großartig, Tim, du hast den oberen Teil des Kelchs gefunden", lobt Frau Herdlein und ihre Augen funkeln vor Glück. „Der Stiel ist zwar abgebrochen, aber den finden wir auch noch. Schließlich wissen wir jetzt ganz sicher, wo wir suchen müssen." Sie zwinkert Tim triumphierend zu. Dann fällt ihr Blick auf seine von der Schlitterpartie aufgeschürften Hände.
„Lass uns runterklettern. In meinem Rucksack habe ich etwas zum Reinigen und Verbinden."
„Ach, tut schon gar nicht mehr weh", wehrt Tim ab.

„Besser, wir kümmern uns drum“, lässt Frau Herdlein nicht locker. „Immerhin sind die kleinen Wunden voller Erde und Dreck. Nicht, dass sie sich noch entzünden.“

Da taucht plötzlich eine Frau hinter Lena und Alex auf.

„Frau Herdlein? Mein Name ist Montag und ich bin Reporterin bei der Rundschau“, ruft sie. „Wir haben einen Tipp bekommen, dass Sie hier auf dem Grundstück einen Schatz gefunden haben.“

„Soso“, sagt Frau Herdlein da und lacht. „Also, eigentlich sind Sie ja etwas zu früh dran. Meine drei tüchtigen Helfer und ich haben gerade erst einen Teil des Schatzes gehoben.“

Der große Tag

„Kommunionkinder von Sankt Martinus finden verschollenen Schatz“ lautet am nächsten Tag die Schlagzeile auf der ersten Seite der Rundschau. Deshalb können Tim, Lena und Alex sich in der großen Pause vor den neugierigen Fragen ihrer Klassenkameraden kaum retten.

„Stellt euch vor, wir bekommen sogar einen Finderlohn“, erzählt Tim gerade. „3.000 Euro.“

„Ist der denn noch so viel wert?“, wundert sich Hendrik. „Immerhin ist er kaputt.“

Doch Lena winkt ab. „Ach, das ist überhaupt nicht schlimm, hat Frau Herdlein gesagt. Sie ist sich sicher, dass sie den Stiel bald findet, und dann lässt sie beides von einem Restaurator wieder zusammensetzen."

„Und was macht ihr mit dem ganzen Geld?", will Melanie jetzt wissen. „Immerhin sind das tausend Euro für jeden von euch."

„Ich kaufe mir ein Mountainbike", antwortet Alex.

„Und ich endlich einen eigenen Computer", schwärmt Lena. „Meine Eltern haben es schon erlaubt."

„Hannes und ich fahren zu einem tollen Fußballspiel ins Stadion. Ich lade ihn ein", erzählt Tim mit leuchtenden Augen. „Und der Rest kommt erst mal auf unsere Sparbücher."

Alex überlegt einen Augenblick. „Wir sollten noch einen Kelch und eine Schale auf den Bauzaun malen", schlägt er dann vor. „Findet ihr nicht?"

„Unbedingt!" Tim ist sofort Feuer und Flamme.

Auch Lena nickt eifrig. „Das passt super zu unserem Abenteuer und zur Kommunion", erklärt sie lachend.

„Ich kann noch gar nicht glauben, dass es schon in zwei Wochen so weit ist", meint Tim da.

„Ist doch super!", freut sich Lena und ihre Augen beginnen zu leuchten.

Pünktlich am Tag vor der Erstkommunion sind dann alle Bilder fertig und der Bauzaun sieht nun überhaupt nicht mehr schäbig und trist aus. Ganz im Gegenteil: Alle acht Kom-

munionkinder und auch Pfarrer Neuner freuen sich über die tollen Motive und sind mächtig stolz auf ihre Arbeit.
„Mir gefallen Kelch und Schale am besten“, flüstert Lena Tim zu, als sie sich neben ihm aufstellt.
„Mir auch“, sagt Alex leise und grinst. Er steht direkt hinter Lena in der Reihe und neben Hendrik.
„Mensch, bin ich aufgeregt“, stöhnt Tim. „Dabei ist heute erst die Probe.“
Dann geht es auch schon los. Die Kommunionkinder ziehen hinter Pfarrer Neuner in die Martinuskirche ein.
„Die erste Bank ist für euch reserviert“, erklärt der Pfarrer.
„Da steht ja eine Schatzkiste“, staunt Tim.
Auch Lena und Alex machen große Augen, als sie die große Truhe direkt vor dem Altar entdecken.
„Ich dachte, das passt dieses Jahr als Motto für unsere Erstkommunion besser als ein Boot“, meint Pfarrer Neuner und zwinkert Tim, Lena und Alex verschwörerisch zu. „Wusstet ihr, dass im Neuen Testament das Gleichnis vom Schatz im Acker steht? Das erzähl ich euch morgen in der Kommunionmesse.“

Am nächsten Tag strahlt die Sonne mit den Kommunionkindern um die Wette. Tim trägt ein weißes Hemd, einen dunkelblauen Anzug und sogar eine passende Krawatte.
„Du sieht aus wie eine Miniausgabe von meinem Papa, wenn er mit Mama ins Theater geht“, kichert Lena, als die beiden sich vor der Martinuskirche treffen.

Tim verdreht die Augen und reckt den Hals. „Na, toll! Das ist total ungewohnt, besonders der Schlips. Aber du siehst super aus in deinem weißen Kleid."
„Danke!", freut sich Lena und wird ein bisschen rot.
In diesem Augenblick kommt Alex mit seinen Eltern um die Ecke. Er hat ebenfalls einen Anzug an, aber keine Krawatte.
„Ich habe auch so ein Ding", sagt er lachend, als er Tims unglückliches Gesicht sieht. „War mir aber zu unbequem. Jetzt liegt es zu Hause auf meinem Schreibtisch."
Schnell nimmt Tim den Schlips ab und reicht ihn seiner Mutter.
„Schon viel besser!", meint er dann und grinst. „Jetzt kann es losgehen."
Da beginnen schon die Glocken zu läuten und die Kommunionkinder ziehen feierlich in die wunderschön geschmückte Martinuskirche ein. Dabei bildet die große Schatzkiste vor dem Altar einen ganz besonderen Blickfang. Zum Evangelium erzählt Pfarrer Neuner dann auch wie versprochen die Geschichte vom Schatz im Acker. Die Kommunionkinder hören gespannt zu.
„Auch nicht schlecht", meint Alex am Ende leise. „Aber unsere ist viel spannender."
„Stimmt!" Tim und Lena sind ganz seiner Meinung.
„Habt ihr übrigens schon gehört, dass nun wieder viel mehr Besucher in das Heimatmuseum kommen?", flüstert Lena. „In einem Artikel in der Rundschau stand gestern sogar etwas von ‚Besucherrekord'."

Alex nickt. „Und keiner redet mehr davon, dass es geschlossen werden soll. Ist das nicht toll?“

„Na, und ob!“, antwortet Tim lachend. „Aber jetzt müssen wir gleich zur Kommunion nach vorne zum Altar gehen. Hoffentlich klappt alles“, sagt er und wischt sich die schwitzigen Hände an seiner Hose ab.

„Das wird es!“, meint Alex zuversichtlich und er, Lena und Tim nicken sich lächelnd zu.